JUDAS NO PAIOL

Judas no paiol
Cupertino Freitas

© Editora Moinhos, 2018.
© José Cupertino Freitas, 2018.

Edição:
Camila Araujo & Nathan Matos

Assistente Editorial:
Sérgio Ricardo

Revisão, Diagramação e Projeto Gráfico:
LiteraturaBr Editorial

Capa:
Sérgio Ricardo

Nesta edição, respeitou-se a edição original.

Dados Internacionais de Catalogação na Publicação (CIP) de acordo com ISBD

F862j
Freitas, Cupertino
Judas no Paiol / Cupertino Freitas. – Belo Horizonte : Moinhos, 2018.
152 p. ; 14cm x 21cm.
ISBN: 978-85-45557-27-2
1. Literatura brasileira. 2. Romance. I. Título.

2018-992

CDD 869.89923
CDU 821.134.3(81)-31

Elaborado por Odilio Hilario Moreira Junior — CRB-8/9949

Índice para catálogo sistemático:
1. Literatura brasileira : Romance 869.89923
2. Literatura brasileira : Romance 821.134.3(81)-31

Todos os direitos desta edição reservados à Editora Moinhos
editoramoinhos.com.br
contato@editoramoinhos.com.br

Sumário

9 Espilicute
14 Perdida
18 Curiosa
22 Maricota
26 Espartilho
29 Mocinha
34 Judas
38 Peixes
45 Presente
50 Prometida
53 Caverna
56 Maricoto
62 Ungida
69 Engodo
74 Irmã
79 Macacos
82 Passamento
86 Perversão
91 Ladrona
98 Fuga
103 Conterrâneos
108 Empregada
112 Traidora
116 Reencontro
122 Revelação
129 Pastora
136 Buraco
141 Festa

Prefácio

O desejo de criar histórias ficcionais me acompanha desde criança, mas esteve sempre subordinado às urgências e exigências da vida. O primeiro passo efetivo para transformar minha vontade em realidade eu dei em 2004, quando fiz um curso de roteiros cinematográficos no Emerson College, em Boston. Ao fim do curso, estava com um roteiro de longa metragem pronto e uma ideia meio difusa para um segundo, onde eu queria abordar o forró e as festas populares do Nordeste, em especial o Sábado de Aleluia e os folguedos juninos, intimamente ligados às minhas raízes no interior cearense.

Engajado em um coletivo de roteiristas, elaborei um primeiro esboço em cima de uma pergunta básica: e se uma adolescente fosse proibida de dançar forró, a coisa que mais gosta de fazer nessa vida? Assim nasceu Benigna, a personagem principal deste livro, e sua problemática relação com a fanática tia Cacilda e com o reverendo Logan, que, segundo sua avó e confidente, "apareceu em Mocozal, vindo de não sei de onde, com esse negócio de ser picado por cobra e não acontecer nada".

O segundo núcleo da história, formado por um casal de paleontólogos americanos, surgiu do meu interesse em explorar o tema do contrabando de fósseis na região do Cariri. A jornada desses contrabandistas vai colidir com a de Benigna.

O projeto de roteiro ficou engavetado por anos. Em 2017, resolvi me aventurar por novas experiências de escrita criativa e me inscrevi no ateliê de narrativas da escritora Socorro Acioli, onde os alunos tinham que propor um projeto de romance. Aproveitando o argumento que havia criado, trabalhei para que a história de Benigna fosse contada em forma de prosa.

No desenvolvimento da narrativa, contei com a leitura crítica e *feedback* de Ana May Brasil, Camila Chaves, Marcelo Lettieri, Danilo Fontenele, João Rodrigues Neto, Amanda Pontes, Socorro Santos, Idalina Freitas e Vanessa Ferrari. Meus agradecimentos a todos.

Judas no Paiol se passa nos anos oitenta. A maior parte da ação se dá na poeirenta Mocozal, distrito de Dilermândia, município fictício encravado na região mais árida dos Inhamuns. Convido você a embarcar para esse tempo e lugar, e conhecer a jornada de Benigna, que tem melancolia e saudade, mas também muita presepada. Marminino!

Cupertino Freitas

Espilicute

O ônibus partia de Mocozal pontualmente às dez para cinco da tarde, deixando para trás uma imensa nuvem de poeira, mais uma dentre as muitas que cobriam a vila todos os dias. Era um lugarejo de duas ruas de terra encravado num território erodido, cheio de ravinas, coberto por vegetação rala e espinhenta — um deserto em plena formação nos Inhamuns.

O calor infernal amainava um pouco no fim de tarde. A brisa começava a soprar antes das cinco, hora em que, dia sim, dia não, um louro alto metido num terno desbotado e uma cabocla baixinha de cabelos longos, ambos aparentando entre trinta e quarenta anos, atravessavam um arremedo de pracinha. Carregando cada qual uma caixa — ele levava a de couro marrom e ela a de couro branco —, os dois entravam em um prédio de duas portas e uma janela, acima das quais se lia "Congregação dos Crentes Salvos do Brasil". Eram o reverendo Logan, pastor da igreja, e Cacilda, a diaconisa.

Aos poucos iam chegando os membros para o culto, quase a metade dos duzentos e poucos moradores da vila. Os homens, em mangas de camisa e alpercatas surradas, as mulheres, em vestidos enormes e antiquados.

Cinco em ponto irrompia a cantoria, que começava, como sempre, amena e ia num crescendo, até virar um berreiro, algo que soava mais a aflição que júbilo.

Nas reuniões, que não seguiam uma liturgia padronizada e não tinham hora certa para acabar, o clímax acontecia na hora em que o reverendo abria a caixa de couro branco e bradava:

— Marcos diz no capítulo 16, versículos 17 e 18: os que creem *pegarao* em serpentes!

A seguir Logan tirava cuidadosamente da caixa algumas cobras-corais e as oferecia a Cacilda e aos membros mais antigos e fervorosos da congregação, que as levantavam e as incitavam, deixando-se picar nos braços, tórax e abdômen. Os fiéis que não manipulavam as serpentes ficavam eufóricos, aplaudindo. Uns entravam em transe e se jogavam no chão. Outros choravam e gritavam histericamente.

O ritual durava alguns minutos. Podia ocorrer mais de uma vez por noite. Dependia menos do grau de excitação da assembleia do que do humor do reverendo. Algumas vezes, Logan mudava radicalmente o ritmo do culto. Cessavam os cânticos, os louvores e a manipulação de serpentes, começavam longos sermões e exortações em um português cheio de erros, carregado de sotaque americano.

Nessas ocasiões, o reverendo explicava que Deus tinha um grande plano, um plano majestoso para o sertão dos Inhamuns. Assim como a terra árida da Palestina fora o lugar escolhido por Deus para o nascimento de Jesus, o retorno do Senhor se daria na região mais seca do Ceará, segundo revelação que havia recebido. Seu papel, ali, era ser um novo João Batista: preparar o terreno para a volta do Messias. E não descansaria enquanto não visse aquele sertão coalhado de crentes salvos, para alegria e glória de Jesus em sua volta.

Mandava, então, os fiéis confessarem seus pecados em voz alta, chamava uns e outros de covardes por não terem ainda convencido os familiares a se converterem, batia com força no púlpito e humilhava os que não traziam consigo um exemplar da Bíblia. Por fim, insultava e ameaçava com expulsão os que atrasavam o dízimo.

Muitos dos que não frequentavam a congregação, os perdidos, como Logan os chamava, colocavam cadeiras na calçada de suas casas e ficavam proseando até por volta das nove da noite, falando bem ou mal uns dos outros, contando anedotas, espalhando boatos, fofocando e rindo das tolices do cotidiano, enquanto a criançada brincava na pracinha, completamente indiferente ao culto dos crentes salvos.

Um dia, o reverendo estava para iniciar o ritual de manipulação de serpentes, quando foi surpreendido pela voz esganiçada das crianças cantando em uníssono "Olha pro céu", de Luiz Gonzaga. Num rompante, deixou o púlpito e saiu correndo em direção à pracinha com uma cobra na mão para presenciar, enfurecido e estupefato, a meninada de Mocozal ensaiando uma quadrilha junina sob a serelepe regência de Benigna, sobrinha de Cacilda.

Benigna gritou amedrontada, saiu em disparada e entrou na casa da tia. Coração a mil, foi para a cozinha, pegou um caneco e enfiou no pote, tirando de dentro uma água barrenta. Tomou tudo de um gole só; era a forma que encontrava para aliviar a ansiedade. Ainda ofegante, viu Logan entrar com a cobra em suas mãos.

— Você pode explicar o que era aquilo em pracinha? — perguntou o reverendo, colérico, com seu português carregado.

— A gente estava ensaiando uma música pra cantar na quadrilha de São João — respondeu Benigna, encolhendo-se contra a parede, segurando o caneco vazio contra o rosto, visivelmente aterrorizada com a serpente.

— Quadrilha? Crente *nao* dança e *nao* canta música de mundo, Benigna!

Nisso, Cacilda abriu a porta e entrou em casa com a caixa de couro branco nas mãos, indo em direção ao reverendo.

Logan abriu a caixa e guardou a serpente dentro com cuidado. Com a cobra contida em seu abrigo e fora de alcance, Benigna sentiu-se segura o suficiente para desafiar o reverendo:

— Pois então eu não quero me converter, não quero ser crente salva! — disse, colocando o caneco de volta na bandeja, de forma resoluta.

Com seu porte de homenzarrão, Logan impôs sua presença espaçosa e ameaçadora diante da menina. Benigna fechou os olhos e acocorou-se.

— Quer dizer que *nao* quer ser crente? Prefere queimar em fogo do inferno?

Espremida contra a parede, Benigna tapou os ouvidos e apertou os olhos já cerrados.

O pastor virou-se para Cacilda em tom de reprovação. Cacilda aquiesceu com um muxoxo. Logan afastou-se de Benigna, pegou a caixa com as cobras e saiu, batendo a porta da casa com força.

Cacilda respirou fundo, caminhou até Benigna e a puxou pela orelha esquerda.

— Você sabe o que merece, não sabe, sinha cabrita?

Benigna levantou-se, fazendo uma careta de dor, e pediu clemência:

— Palmada não, tia! Vovó pediu pra senhora não bater mais em mim. A senhora prometeu que não ia mais bater em mim.

— Eu não vou lhe dar palmada, nem chinelada, nem cocorote, nem nada, sua caboclinha espilicute. Sabe o que vou fazer?

Cacilda caminhou até a mesa onde ficava um rádio em caixa de imbuia, presente de seu falecido esposo. Abriu um compartimento e retirou quatro pilhas grandes, exibindo-as para a sobrinha como um troféu.

— De hoje em diante, não tem mais rádio e não tem mais música nessa casa. Você pode não ter mais pai nem mãe, mas tem eu pra dar as ordens. E você não vai brincar quadrilha porque eu não quero! Aliás, duvido muito que vá ter quadrilha esse ano.

— Mas todo ano tem. Por que não vai ter esse ano?

— Porque o reverendo vai acabar com festa mundana aqui em Mocozal.

— Mas e como é que vai ser quando chegar meus quinze anos? Todo mundo que faz quinze anos é noiva de quadrilha. Lucivanda foi, ano passado.

— Pois ela foi a última noiva, aquela desmiolada. Ano passado ainda teve esse negócio de quadrilha porque tinha menos crentes na vila. Agora não. Agora a gente é maioria!

Naquele ano não teve quadrilha. Nem no ano seguinte. Nem no próximo...

Perdida

O código de conduta dos crentes salvos não permitia que mulher usasse cabelo curto, maquiagem, vestido de alça, calça comprida, short e minissaia. E censurava dança e música mundana. Mesmo não sendo membro do culto, Benigna era obrigada a se comportar como tal.

Quando entrou na adolescência, a menina foi ficando mais autoconfiante, mais astuta, mais arteira. Levava Cacilda e o reverendo na conversa, fingindo acatar suas determinações e obedecer às suas proibições. Continuava, contudo, secretamente, a fazer o que bem entendia.

Odiando aquelas regras todas, Benigna arranjava um jeito de não cumpri-las. Recorria a qualquer artifício: procurava restos de batom no lixo, roubava pilhas de rádio da bodega, dobrava e segurava a bainha do vestido com um prendedor de roupa, aparava os cabelões com uma faca de cozinha — usava qualquer truque que lhe permitisse escapar, por um momento, da tirania da tia e do pastor.

Vez por outra, suas danações e artimanhas eram descobertas. Aí se dizia arrependida e ficava quieta um tempo. No entanto, os hormônios acabavam falando mais alto e, de novo, metia-se em encrenca. Como no dia em que Logan e Cacilda encontraram-na seminua, tocando os próprios peitos e se admirando em um espelhinho.

Ao ver a cena, o reverendo arregalou os olhos e Cacilda gritou:

— Que safadeza é essa?

Logan abriu a Bíblia e leu em tom severo:

— As obras da carne *sao* manifestas: imoralidade sexual, impureza e libertinagem; idolatria e feitiçaria; ódio, discórdia, ciúmes, ira, egoísmo, dissensões, facções e inveja; embriaguez, orgias e coisas semelhantes. Eu os advirto, como antes já os adverti: Aqueles que praticam essas coisas *nao herdarao* o Reino de Deus. Isso é Gálatas, capítulo 5, versículos 19 a 21.

Envergonhada diante do flagra, Benigna resolveu tomar uma medida drástica:

— Eu sou uma pecadora, reverendo. Não quero mais ser uma perdida. Quero virar crente salva! — disse, aos prantos, ajoelhando-se diante do pastor e da tia.

* * *

— Onde está Benigna? — perguntou Logan, impaciente, fechando a porta atrás de si.

— Pegou a bicicleta e escapuliu pra casa de mamãe. Só volta amanhã — respondeu Cacilda, cabisbaixa.

— Mas eu falei que chegava cedo pra conversar com ela sobre conversão!

— Eu avisei pra ela não sair, que o senhor vinha aqui em casa antes do culto, mas ela disse que precisava ir ver se estava tudo bem com mamãe. Eu ainda disse: Benigna, não vá, você já foi ver mamãe ontem. Deixe pra ir amanhã. Mas quando dei fé, estava o canto mais limpo. Se eu soubesse tinha secado os pneus do diacho da bicicleta.

Logan apertou os lábios e cerrou os punhos, sem conseguir conter a raiva e frustração.

— Pastor, eu acho que Benigna não quer se converter. Aquela sonsa está é com enrolação com a gente. A peste disse que ia se converter pra calar a boca da gente. Mas pecou de novo.

— De novo?

— Pecou. Hoje peguei a desinfeliz ouvindo música profana no rádio e se rebolando feito uma quenga, dentro do quarto, escondida. E ainda por cima estava com uma revista dessas que tem retrato de homem e mulher se beijando. Fotonovela, é como chama. Coisa mesmo do cão. Deve ter sido aquela perdida da Lucivanda que mandou pra ela. Aquela lá foi embora, mas não deixa a gente em paz. Deve ter mandado pelo motorista do ônibus. Piquei a revista em pedacinho. Depois escondi as pilhas do rádio. Ela me implorou pra eu não dizer pra o senhor, mas eu disse que ia dizer.

— Que menina impossível — disse o reverendo, acomodando o corpanzil num velho banco de madeira encostado a uma parede caiada, onde se via um retrato de casamento pintado à mão: a noiva, Cacilda na faixa de vinte e poucos anos, o noivo, um senhor de meia-idade.

— Eu não posso me desfazer do rádio porque é uma precisão. A gente de vez em quando tá recebendo aviso pra o povo da vila pelo rádio. E não posso mais bater na atrevida, porque prometi pra mamãe que ela só apanhava até os catorze.

— Já tem quinze. *Nao* pode bater.

— Mas enquanto ela tiver nas minhas ordens, enquanto morar comigo, vai seguir a minha lei, que é a lei de Deus! Não vai poder dançar, não vai poder cantar música mundana. E nem ficar de safadeza. E nem vai se meter com negócio de arrumar namorado tão cedo.

— Problema sério, Cacilda. Muito sério. Benigna peca contra o próprio corpo. Comete pecado de impureza. Pecado de imoralidade. Está escrito lá em Coríntios. Pecado sexual é muito grave. Em Gálatas, Paulo diz: aqueles que praticam essas coisas *nao herdarao* Reino de Deus.

— Eu sei, reverendo, que a vontade de Deus é que a gente não atenda os desejos da carne. A gente que é adulto controla o corpo. Mas como é que dá pra controlar uma perdida de quinze anos que não segue as leis da Palavra?

Logan não deu resposta. Cacilda insistiu:

— Como é que a gente vai resolver isso?

— Você *nao* tem mais autoridade, Cacilda! Mas eu vou resolver problema de Benigna.

— Resolver como? Ela não vai virar crente salva. Além do mais, o senhor nem aqui mora. Vem só pra os cultos e depois volta pra Dilermândia. Como é que vai por cabresto nela? Benigna vai sempre ser uma perdida obedecendo a Satanás.

— Eu vou dar um jeito dela obedecer a Deus. Deixe comigo. A influência de Satanás na vida de Benigna vai acabar.

Curiosa

A cerca de oito quilômetros ao sul de Mocozal, o som alto de um rádio tocando forró ecoava na caatinga. Vinha de uma casa espremida entre uma boçoroca e a estrada que ligava a vila à sede do município.

A casa um dia presenciou certa abundância, mas agora era a imagem da decadência: das telhas quebradas, apoiadas em uma trama de caibros que clamava por reparo, desciam paredes e piso rachados. Os sulcos continuavam pelo terreiro, crescendo em rasgos de terra que finalmente despencavam na ravina.

No alpendre, onde mais se notava os efeitos da falta de cuidados e das intempéries, Benigna dançava forró com um cabo de vassoura.

Bem fogosa e animada, saracoteava e mexia os quadris, emendando uma música atrás da outra, divertindo-se a valer diante do olhar benevolente de sua avó. Sentada numa cadeira preguiçosa, Dona Rosa acompanhava a dança da neta, vez por outra batendo palmas fora do ritmo.

Sintonizado na Rádio Araripe do Crato, aquele radinho portátil era a conexão mais confiável de Benigna com o mundo exterior, um mundo livre de proibições. Dona Rosa comprara o radinho usado de um caixeiro-viajante há pouco mais de um ano. O homem passara a cavalo em frente ao sítio numa tarde em que Benigna visitava a avó. O caixeiro parou para pedir água, com o radinho grudado no ouvido.

— E esse radinho é pra vender? — perguntou Benigna, assim que o homem apeou do animal.

— Vendo não; isso aqui é minha distração — respondeu o caixeiro, com um sorriso amarelo entredentes.

O suor fedido do homem escorrendo pelo rosto, acentuando sua expressão de cansaço, foi a deixa para Benigna fazer uma oferta praticamente irrecusável.

— Descanse um pouco aí na sombra. Daqui até Mocozal ainda é um pedaço bom.

O fato é que o caixeiro-viajante sentou-se no alpendre, começou a prosear com Benigna e Dona Rosa, tomou café com bolo de fubá e acabou aceitando trocar o radinho e três pilhas novas por um chapéu, um cachimbo, um litro de cachaça e duas camisas de linho seminovas que foram do falecido marido de Dona Rosa.

Aquele radinho mudou muito a rotina das duas. Mal chegava ao sítio, Benigna ia direto para o quarto da avó e tirava o aparelhinho do fundo do baú. Era lá que o escondiam dos olhos repressores de Cacilda, junto a redes e lençóis velhos.

Cacilda, que ia ver Dona Rosa aos sábados e, apenas de vez em quando, no meio da semana, nunca suspeitou que as visitas da sobrinha fossem animadas a forró, xote e baião.

Benigna visitava Dona Rosa dia sim, dia não. Percorria, de bicicleta, a distância que separava a vila da casa da avó sempre no comecinho da tarde. Pedalar na piçarra na hora mais quente e poeirenta do dia não a incomodava. Passava a tarde na casa da avó, ouvindo música e dançando, e retornava para a vila satisfeita da vida.

Os programas vespertinos da Rádio Araripe eram os seus preferidos. Ouvir os programas da Rádio Araripe enchia seu coração de contentamento. Às vezes, Benigna ficava tão extasiada, que saía com o radinho pelo terreiro, saltitando feito uma doida.

No programa "A Preferida do Ouvinte", de duas às três e meia da tarde, dançava ao som de suas músicas preferidas: "Ovo de Codorna" e "Assum Preto", de Luiz Gonzaga, e "Severina Xique-Xique", de Genival Lacerda. O grande *hit* do momento era "Prenda o Tadeu", da sergipana Clemilda. Sempre que ouvia essa música, Benigna fazia a mesma observação jocosa:

— Vó, essa Clemilda vive mandando o delegado prender o Tadeu. Coitado do Tadeu!

Naquela tarde, logo depois que tocou a música de Clemilda, a rádio entrou com o intervalo comercial. Benigna pôs o cabo de vassoura de lado, baixou o volume do aparelhinho, e sem fazer a observação de sempre, ficou a olhar para Dona Rosa com uma expressão diferente.

— Que foi? — perguntou a avó.

— Sabe o Tadeu? Não o Tadeu da música. O Tadeu, criador de cabras. Nunca olhou pra os meus peitos e nem pra minha bunda. Tadeu sempre olhou pra os peitos de Lucivanda. Eu queria ter uns peitões como ela. Diga a verdade, vó: a senhora me acha muito mirradinha?

Dona Rosa abriu um leve sorriso e comentou:

— Mirradinha? Minha filha é muito é linda!

Benigna continuava com a expressão misteriosa.

— Vó, o Tadeu da música, ele fez mal pra irmã de Clemilda com o negócio dele, né?

Surpresa com a pergunta, Dona Rosa não sabia o que responder. Benigna continuou:

— Vó, eu nunca vi o negócio de um homem. As partes, sabe? Sou doida pra saber como é. Por curiosidade mesmo, que eu sou muito curiosa, a senhora sabe.

— Não tem nada demais, sua curiosa. É igual ao negócio de uma criança. Só que maior.

— Bem maior né, vó? A senhora já viu o mondrongo nas calça de Tadeu, mesmo onde fica as partes dele?

As duas caíram na risada.

Maricota

Deitadas em duas redes armadas no alpendre, Benigna e Dona Rosa ouviam atentamente um programa com músicas de Roberto Carlos, quando entrou a "Voz do Brasil".

Dona Rosa esticou a mão e desligou o rádio, em cima do tamborete.

— Hoje de manhã separei uma roupa de seu avô pra dar. Tavam lá, no fundo do baú, só ocupando espaço.

— Vai fazer um ano... A senhora tem muita saudade de vovô, né?

— Tem dia que eu peço a Deus pra me levar pra junto dele. Do jeito que seu pai foi ficar junto de sua mãe.

— Que história é essa, vó? E me deixar aqui só mais tia Cacilda? Nem pense nisso. A senhora tem que viver muito, que é pra ver eu casada, com meus bruguelim correndo no meio desse terreiro.

— Sabe o que eu encontrei no meio da roupa? A boneca de pano que sua mãe costurou pra você. Depois eu vou lá buscar pra você ver.

— A Maricota? Ave, eu adorava aquela boneca!

— Demais! Nem na hora de dormir você desgrudava dela. Mimava como se fosse gente. Até um pai queria arranjar pra Maricota.

— Eu queria arranjar um pai? — perguntou Benigna, em tom jocoso.

— Sim, queria! O Judas. Lembra não? Você queria porque queria que o boneco do Judas fosse o pai dela. A gente querendo queimar o boneco e você chorando, dizendo que ele era o pai da Maricota. Cumpade Zé Pio, muito cheio da cachaça, ficou morrendo de pena de você e escondeu o Judas, pra gente não queimar.

— Meu padim, cheio de arrumação!

— Cheio. Mas não era coisa só dele não. O povo tinha esse negócio de esconder Judas. Assim, só de brincadeira, mesmo. Era num canto bem facim, que era pra achar logo. Mas esse, não. Chegou a hora da queima, o Judas escondido, e nada da gente achar. E cumpade Zé Pio sem lembrar mais onde tinha escondido o boneco.

Benigna ajeitou-se na rede, demonstrando peculiar interesse na história.

Dona Rosa continuou:

— Pois a gente procurou, procurou e não achou. Aí foi o jeito brincar sem queima de Judas mesmo.

— E por que não fizeram outro boneco?

— Dá trabalho. Dava mais tempo não. O último Judas foi esse que Zé Pio escondeu. Depois, todo ano só teve desgosto, doença. Nunca mais a gente brincou em Sábado de Aleluia. Eu achei o boneco no paiol muito tempo depois, escondido dentro de um saco de farinha.

— Nem me lembro de nada dessa história.

— Você era muito pequena. Mas era animado que só! Esse negócio de queima de Judas vem desde quando eu era menina. Eu mais seu avô, a gente adorava. As três festas que a gente mais gostava: quadrilha de São João, reisado e Sábado de Aleluia. Eu conheci seu avô socando pólvora no bacamarte na queima do Judas. Ele tinha um e trouxe pra festa. Ele chamava de bacamarte, mas eu nem sei direito o que era aquilo. Era um tronco de oiticica com um ferro oco por dentro, que quando atirava soltava um estalido medonho. Sua tia Mafalda sempre foi costureira de mão cheia e era quem costurava o Judas todo ano. Mas em cinquenta e dois teve que viajar pra ajudar no resguardo de uma irmã lá pras bandas de Arneiroz e aí eu que fiz o boneco. Naquela época não era nem vila, ainda era Fazenda Mocozal. Pois seu avô queimou esse Judas com o primeiro tiro do bacamarte!

— E acertou de primeira, foi, vó?

— De primeira! Fiquei tão impressionada com ele, que no São João nós já *tava* era casando!

— Eita! A sua história com vovô é muito bonita, vó. Acho que nunca vou viver uma história bonita como a de vocês...

— Besteira, que história é essa que não vai? Vai, sim. Como diz o ditado, toda panela tem uma tampa.

— Deus te ouça!

Dona Rosa levantou-se e entrou em casa.

Benigna ligou o rádio. Assim que terminou a "Voz do Brasil", aumentou o volume e acompanhou, em voz alta, o bordão do comercial do xarope Castaniodo:

— Só o burro não toma Castaniodo!

O forró começou a troar de novo. Benigna pegou o cabo de vassoura e saiu arrastando pé pelo alpendre. Dona Rosa trouxe a boneca Maricota. Sem parar de dançar, Benigna acenou para a boneca, como dando um alô para uma velha amiga em uma festa. Dona Rosa aboletou-se na preguiçosa com Maricota e ficou balançando a boneca no ritmo da dança. Entre uma música e outra, a velha senhora baixou o volume do rádio e comentou:

— Tem um *docim* de leite. Quer, pra beber água?

Por conta da pergunta da avó, Benigna não ouviu direito o anúncio do locutor.

— Acho que ele falou sobre quadrilha, vó! Ai, tomara que repita — disse, aumentando o som do rádio, apreensiva.

E o locutor repetiu: "Para você, ouvinte que não ouviu direito: Com Muriti e Alto da Penha, agora já são oito grupos na competição de quadrilhas. E a novidade é que, sob o patrocínio da Rádio Araripe, será escolhida, este ano, além da melhor quadrilha, a noiva mais bonita. Para concorrer, as meninas precisam ter entre catorze e dezesseis anos e serem naturais do Crato".

— Vó, é minha chance de ser noiva de quadrilha!

— Mas, Benigna, você não nasceu no Crato.

— A senhora tem certeza?

— Claro que eu tenho! A gente morou lá um tempo. Seu pai e sua tia nasceram lá. Mas a gente se mudou do Crato de volta pra cá em cinquenta e cinco e daqui nunca mais saiu. Você nasceu foi aqui mesmo nessa casa.

— E se eu disser que perdi a certidão de nascimento? Daí eles não ficam sabendo que eu não sou de lá.

— Isso é engodo, minha filha.

— Engodo?

— Sim, enganação. Imagine: você recebe uma encomenda de bolo com receita que leva três ovos e, com pena de gastar, coloca só dois, guarda um e sai por aí dizendo que usou os três. Não é certo. E nem dá certo, porque quem vai comer o bolo vai achar tão sem gosto, que nunca mais vai lhe fazer encomenda.

— Mas também não é certo eu não ser noiva de quadrilha. A senhora foi noiva, tia Mafalda foi noiva, tia Lurdinha foi noiva, tia Cacilda foi noiva, mamãe foi noiva, Lucivanda foi noiva... Só eu não vou ser?

Espartilho

Não foi um pequeno desentendimento. A briga foi séria: depois do almoço, Cacilda foi tirar seu cochilo, deixando a louça para Benigna lavar, como de costume. Não conseguiu pegar no sono, com uma dor na omoplata, e foi pedir à sobrinha para lhe aplicar uma massagem. Encontrou-a diante da louça toda ensaboada, tentando abotoar um espartilho branco:

— Que arrumação é essa?

— Ora, não tá vendo, não? Tô experimentando o espartilho.

— O meu espartilho!

— Seu? Esse espartilho era de mamãe, tia.

— Foi do meu vestido de noiva!

— Mas foi primeiro do vestido de noiva de mamãe. Tia Mafalda costurou o espartilho pra mode ela usar no vestido de noiva. E se foi do vestido de minha mãe, é meu por herança!

— Você está me respondendo sinha atrevida?

— Não, tia. Eu estava aqui sossegada no meu canto e aí a senhora acorda toda abusada e já vem brigando comigo.

— E o que é que você quer experimentando um espartilho que fica frouxo em você? Nem peito você tem! Tem duas muxibinhas.

— E daí? Eu coloco enchimento de papel, ora. Quero nem saber...

— E o que é que você quer experimentando esse troço?

— Vai fazer parte do meu vestido de quadrilha.

— De novo essa história, Benigna? Você tá cansada de saber que em Mocozal não tem mais quadrilha. Todo ano você vem com essa mesma lengalenga.

— Vocês podem ter acabado com quadrilha aqui. Mas ainda tem em tudo que é canto. Se eu não posso dançar aqui, vou dançar noutra freguesia.

— Você tá pensando que eu vou deixar você ir sozinha pra quadrilha de São João em Dilermândia? Pode ir tirando o cavalinho da chuva.

— Quem falou em Dilermândia? Eu vou passar lá, sim, mas é só pra tia Mafalda dar uma alinhavada e pregar o espartilho num vestido meu, mas eu vou dançar quadrilha é mais longe; eu vou é pro Crato!

— Pro Crato? Logo vi! Tinha que ser dedo da perdida de Lucivanda no meio disso.

— Ave, tia, mas a senhora tem muita implicância com a pobre de Lucivanda!

— Aquela peste foi virar rapariga no Crato e fica de lá lhe tentando, me atrapalhando com sua criação. Nem da família é.

Quatro anos antes, Lucivanda tinha deixado para trás a completa falta de afetos e uma irmã abusiva, vinte anos mais velha, que se tornara crente salva e a perseguia diuturnamente. Tinha resolvido ir atrás de esperança e pertencimento. E de um emprego. Na época, Benigna não tinha ainda a prerrogativa que a idade dera à sua amiga e protetora. Lucivanda era quatro anos mais velha. Tinha dezesseis anos quando partiu. O tempo e a distância não haviam arrefecido a amizade; as duas continuavam a se interessar pela vida uma da outra. Trocavam cartas regularmente.

— Pra mim é da família, sim! A senhora pode dizer, pode repetir até ficar doida que ela não é nada minha, mas Lucivanda é mesmo que ser minha irmã. E ela não foi embora pra virar rapariga, não! Foi arrumar serviço, que aqui não tem o que fazer. E graças a Deus vive é muito feliz lá, casada.

— Deve estar mesmo muito feliz, porque além de casada e empregada, tem muito poder na sociedade do Crato para lhe fazer noiva de quadrilha, com tanta menina bonita de lá disputando o papel — ironizou Cacilda.

— Ela ainda não está nem sabendo que eu vou. Mas quando chegar lá, ela me mete numa quadrilha, sim, que Lucivanda conhece Deus e todo mundo e consegue tudo o que quer. Só o que eu tenho que fazer é ir pro Crato. E eu vou!

— Ah, mas não vai mesmo! — disse Cacilda, agora em tom sarcástico.

— Eu vou, tia!

— E como é que você vai? No ônibus não vai; o motorista agora é crente e tá avisado que a senhora de Mocozal não sai, sem autorização minha ou do reverendo. Vai até o Crato de bicicleta?

Benigna encheu os olhos d'água.

— Até a senhora, que nunca gostou de festa, foi noiva em noite de folguedo.

— Pior coisa que já fiz na minha vida! Fazendo papel de palhaça pros outros.

— Que não tenha gostado. Mas teve o direito. Chegou a minha vez e eu também quero ser noiva, ora! Tem nem quem me impeça!

— Não tem?

Cacilda avançou na sobrinha e arrancou o espartilho de seu corpo à força.

Benigna reagiu, empurrando a tia. Cacilda perdeu o passo. Foi ao chão. O arranca-rabo que se seguiu teve tabefe de tia em sobrinha, praga de sobrinha contra tia e muito chororô.

No fim, o espartilho ficou largado no chão, destroçado.

Mocinha

O reverendo andava estranho. Pelo menos era o que Cacilda achava. Sempre cochichando pelos cantos com o mais novo convertido de Mocozal: Tadeu, um rapaz de vinte e poucos anos, filho bastardo de um comerciante de Dilermândia que herdara uma pequena quantia do pai e resolvera investir o dinheiro em cabras. Era meio esquisito, não era de muita conversa, não era muito chegado a banho. Andava por aí com a mesma roupa por dias.

Apesar da aparência ensebada, Tadeu não era de todo feio. Na adolescência até foi disputado pelas moçoilas de Mocozal. Mas depois que começou a criar cabras, parece que perdeu a vaidade. Vivia dirigindo sua caminhonete pelas estradas poeirentas da região, comprando e vendendo animais, obcecado por ficar rico — uma qualidade maravilhosa, dizia o pastor.

Tadeu não tinha amigos, não se envolvia com ninguém, não participava de nada em Mocozal. Vivia isolado numa propriedade na saída da vila. Era lá que mantinha seu rebanho, em uma pequena área cercada, atrás da casa caindo aos pedaços.

Há alguns meses, Logan vinha pessoalmente tentando convertê-lo. O rapaz relutava, dizendo que não tinha tempo, que não gostava mais de estar no meio de gente, que preferia a companhia das cabras. Apesar das repetidas negativas, Logan não desistia. Vez por outra, antes do culto, aparecia na propriedade de Tadeu para conversar. As visitas eram cordiais, mas infrutíferas. Falava para o rapaz aparecer na congregação, sem compromisso de conversão, só mesmo para interagir um pouco com os crentes salvos e ter alguma vida social. Mas Tadeu continuava a dar respostas evasivas aos convites do pastor.

Numa dessas visitas, porém, Logan encontrou Tadeu desesperado tentando salvar a vida de uma cabra que estava perdendo muito sangue, depois de ter parido. Tirando proveito da agonia do rapaz, ofereceu-se para ajudar. Pediu a Tadeu para fechar os olhos e ter fé. A seguir orou, impondo as mãos na cabra. E ela meio que ressuscitou dos mortos. Chorando, Tadeu ajoelhou-se diante do pastor e disse que queria ser crente salvo.

Poucos dias depois de sua conversão, Tadeu já tinha uma função relevante na Congregação dos Crentes Salvos: tesoureiro. Isso deixou Cacilda profundamente magoada. Até então, era ela quem controlava o dinheiro.

Quando terminava o culto, era costume o pastor ir à casa da diaconisa para jantar e discutir assuntos da congregação. Depois se recolhia a seus aposentos nos fundos da igreja, dormia por algumas horas e por volta das cinco e meia da manhã retornava a Dilermândia, onde mantinha residência fixa.

Logan percebeu que Cacilda estava meio arredia, mas não deu importância. Só notou que estava seriamente magoada quando ela lhe serviu uma sopa bem rala e fria.

O pastor tomou uma colherada e recusou-se a tomar o resto.

— Que aconteceu, Cacilda? Benigna de novo? — perguntou, afastando o prato.

Embora a briga com Benigna tivesse sido feia, Cacilda não estava com a menor disposição de desabafar com Logan:

— A gente teve uma discussão boba, ela saiu com raiva e foi pra mamãe.

— Mas você anda calada há dias, *nao* está animada nos cultos. *Nao* manuseia mais cobras...

— Nada não pastor.

— Essa sopa está uma bosta! Bosta fria.

Cacilda pegou o prato bruscamente, sem fazer questão de disfarçar a irritação.

— O pastor agora vive de segredo, assuntando com Tadeu. Até presente deu pra ele, que eu vi — disse, enquanto entornava a sopa de volta na panela.

— Nao tem segredo, Cacilda. Eu andei, como diz você, assuntando com Tadeu. Agora está tudo certo. Tudo resolvido.

Cacilda acendeu um fósforo e ligou o fogo.

— Dei minha máquina Polaroid de presente pra Tadeu. Pra mostrar que sou amigo. Nao é nova, mas funciona. Tadeu gostou muito. Disse que vai fazer bom proveito com máquina.

— E posso saber que é que vocês tanto têm conversado? — perguntou, mexendo a sopa com uma colher de pau.

— Tadeu vai ficar noiva.

— Noivo, o senhor quer dizer... Vai ficar noivo de quem?

— De Benigna. Tadeu vai ficar noivo e vai casar com Benigna.

Cacilda soltou a colher de supetão, virou-se para o pastor, colocou as mãos na cintura e, com uma expressão de quem não tinha gostado do que ouviu, perguntou num tom acima do normal:

— Com Benigna?

— Eu disse que ia arranjar a solucao para a influência de Satanás na vida dela, nao disse? Pois arranjei: casar com Tadeu! Eu disse pra Tadeu: você precisa casar. Casar é bom. Case com Benigna pra salvar ela do mal e em troca Deus vai lhe dar muita cabra. Vai ser tanta cabra que você vai precisar aumentar curral. Tadeu ficou empolgado.

Cacilda balançou a cabeça em tom de reprovação e tornou a mexer a panela.

— Pastor, Benigna é muito mocinha pra casar — argumentou, agora num tom mais brando.

— Mocinha *nao*. Benigna é moçona! Vi isso com próprios olhos.

— Eu prometi pra mãe dela, no leito de morte, que Benigna só ia sair de casa pra casar depois de terminar os estudos. Eu, quando faço uma promessa, gosto de cumprir. Gostando ou não. Eu sou assim!

— Benigna *nao* precisa mais estudar. Está perdendo tempo. *Nao* aprende nada mesmo.

— Eu sei... É que eu acho que ela devia continuar virgem por mais algum tempo, pastor.

— Pra quê? Pra ficar igual a você?

Cacilda respirou fundo e passou a mexer a colher com força, fazendo respingar sopa no fogão. Naquele momento odiou o pastor. Estava tripudiando de sua virgindade, o safado traidor.

Ele sabia muito bem da trágica circunstância que havia feito dela uma viúva virgem. Tinha lhe contado isso na primeira vez que se encontraram: seu casamento foi arranjado e o noivo era muito mais velho, já tinha perto dos sessenta. Era um homem feioso, mas de alma boa, um amigo de farra de seu pai. Como ela nunca tinha namorado, não achava ninguém na vila que desse certo com o jeito dela, casou de bom grado. Mas aí o marido teve um infarto fulminante na noite de núpcias, antes de consumar o casamento. Foi horrível, aquele homem nu em cima dela, morto. A vila toda ficou sabendo e ela ficou morrendo de vergonha, sem saber onde por a cara. Tinha certeza que o povo comentava, em conversas de calçada, e fazia chacota. Agora, vinha o pastor e usava também esse episódio infeliz para fazê-la se sentir de novo envergonhada?

O pastor notou que Cacilda não tinha gostado nada da observação que tinha feito, mas não se fez de rogado:

— Deus fez a mulher para casar cedo, que é para ter muitos filhos. Benigna vai ter marido para obedecer, filho para criar. Vai parar de imoralidade. Nao vai ficar mexendo sozinha em corpo como perdida. Eu sei o que é melhor pra Benigna e o que é melhor para você. E para todo o povo de Mocozal.

Cacilda permaneceu calada, nitidamente magoada.

— Quanto tempo você tem de *conversao*, Cacilda? Seis, sete anos?

— Oito... Primeiro de Abril de setenta e nove.

Cacilda se lembrava daquele dia como se tivesse acontecido ontem. O reverendo aparecera de repente em Mocozal em seu Opala azul-celeste, parou em frente à sua casa e ficou lhe encarando enquanto ela rezava o terço, sentada em uma cadeira na calçada. Aquele homenzarrão desceu do carro e, sem cerimônia, arrancou-lhe o terço das mãos, dizendo que ela não precisava nem de Nossa Senhora nem de santo pra falar com Deus. Ela ficara sem ação diante da assertividade do forasteiro.

Em questão de uma hora o homem já sabia de toda a sua vida: que casou com Zé Pio num dia e enviuvou no outro; que o falecido deixou aquela casa para ela; que morava ali com sua sobrinha Benigna, órfã de mãe; que seu irmão gêmeo, Casimiro, pai da menina, vivia desgostoso sem dar atenção à filha; que sua mãe, doente do coração, teimava em morar sozinha num sítio; que por tudo isso e algo mais, ela vivia a rezar, ansiosa, preocupada, com o peso do mundo nas costas.

— Sua vida é muito melhor hoje do que quando eu lhe conheci, *nao é*? Hoje você é diaconisa de igreja. Depois de mim, você quem manda em *congregaçao*. Mas você é semianalfabeta. *Nao* sabe contar direito. Muito atrapalhada. Coloquei Tadeu para cuidar do dinheiro porque Tadeu é bom com dinheiro. Multiplica dinheiro. Enfim, a igreja precisa de dinheiro. A igreja precisa de Tadeu.

Cacilda baixou a cabeça, aparentemente resignada, apagou o fogo e serviu um prato de sopa quente para Logan.

Judas

— Não volto pra casa de tia Cacilda, nunca mais — afirmou Benigna.

Dona Rosa se manteve muda. Conhecendo a neta, sabia que não era aquele o momento de redarguir.

Em uma noite excepcionalmente fria, ficaram as duas caladas por um bom tempo, cada qual na sua rede. Ouvia-se apenas, vez por outra, um ruído na mata — uma raposa rondando a casa à procura do que comer, uma cobra comendo um filhote de guabiru, o movimento furtivo de almas que não tinham conseguido desapegar do sertão.

Benigna finalmente interrompeu o silêncio:

— Então vai ser mesmo o jeito eu deixar esse negócio de ser noiva de quadrilha pra lá. O espartilho tá todo rasgado, eu não tenho como ir pro Crato. E ainda por cima não nasci lá, então ia ser difícil Lucivanda conseguir uma vaga de noiva pra mim... Mas é que eu queria tanto, vó.

— Eu sei, minha filha. Tem coisa nessa vida que a gente tem que se conformar. Se eu pudesse, eu mesma levava você pro Crato. Chegava lá e dizia: essa aqui é minha neta, ela sabe dançar melhor que todo mundo, é mais bonita que tudim e vai ser a noiva da quadrilha. Pronto!

— Eita, queria ver quem é que ia dizer não pra Dona Rosa!

— Pois é. Mas infelizmente essa sua avó está velha e doente. Não tenho condição de ir direito nem pra vila, quanto mais pra mais longe. E também não posso ir contra o que Cacilda determina. Se ela não quer que você vá pro Crato, então você não vai. O trato que a gente fez foi que ela ia ter sempre a última palavra com relação a você. Foi essa a condição dela, quando prometeu pra sua mãe que ia lhe criar.

— Não sei por que tia Cacilda quis tomar conta de mim. Nem de mim gosta.

— Ela lhe tem como filha, Benigna. É que Cacilda tem aquele jeitão esquisito dela. Desde criança. E ainda apareceu esse pastor dos infernos pra encher a cabeça dela de caraminhola. Eu não concordo com nada, mas não posso ficar desfazendo o que ela faz, criando intriga, quebrando um trato que a gente fez. Não quero ir embora, deixando minha filha desgostosa comigo.

Benigna tinha notado a avó meio tristonha, calada, macambúzia, como ela mesma gostava de dizer. Nem tinha feito festa mais cedo, quando lhe disse que viera para passar uns dias.

— Ir embora pra onde, vó? A senhora lá vai pra canto nenhum com essa canseira. Não quer nem me levar pro Crato! — comentou, em tom de brincadeira, tentando animar Dona Rosa.

— Sonhei com seu pai e sua mãe noite passada. Eles vinham aqui de madrugada, eu abria a porta e dizia: Casimiro! Gracinha! Que é que vocês tão fazendo aqui uma hora dessas? Ele estava todo arrumado, como quem vai pra uma festa, acho que era até a roupa que usou no casamento. Gracinha toda de branco. Aí ele disse: mãe, a gente veio lhe chamar pra ir pra festa com a gente. Aí eu disse: mas Casimiro, e Benigna, quem é que vai ficar com Benigna? Eles sorriram, puxaram minha mão pra fora de casa e eu acordei afobada. Acho que foi um aviso.

Um grande arrepio tomou conta do corpo de Benigna, da cabeça aos pés. Suas mãos gelaram, o coração disparou, as feições desabaram no rosto. Não, morte de novo não! Já tinham sido tantas, em tão poucos anos de vida: o padrinho Zé Pio, a mãe, o pai, o avô... Não, Deus não ia ser injusto de levar sua avó agora. Nem tão cedo! Deus não ia cometer esse pecado. A avó era a única pessoa nessa vida com quem podia contar. Que levasse tia Cacilda!

Dona Rosa suspirou profundamente e tossiu três vezes. Benigna entrou em pânico, saltou da rede e foi correndo buscar água para a avó. Do caneco cheio, Dona Rosa tomou apenas um pequeno gole. Benigna bebeu o resto de uma vez só, tentando se acalmar e aliviar o nó na garganta.

Passado o acesso de tosse, Benigna sentou-se na beirada da rede da avó, já mais calma.

— Vó, deixe de besteira! Quantas vezes a senhora já não sonhou com papai, com mamãe ou com vovô? A senhora deve de tá é impressionada por conta da história do rapaz que se queimou com o bacamarte.

Naquela tarde, no programa "A Preferida do Ouvinte", da Rádio Araripe, o locutor tinha tocado "Triste Partida", atendendo ao pedido de uma mãe chorosa que havia perdido o filho em consequência de queimaduras provocadas pela explosão de um bacamarte.

— É um sinal. Sinal de seu avô. Eu já não lhe falei a história do bacamarte?

— Falou sim, vó. Mas conte a da lua de mel. Eu acho linda a história da lua de mel.

Dona Rosa já tinha lhe contado essa história do bacamarte e todas as outras de seu casamento muitas e muitas vezes. Benigna não se importava de ouvir tudo de novo. Sentia-se aliviada pela avó estar finalmente mais animada, disposta a conversar.

— Naquele tempo, não tinha negócio de lua de mel pra pobre não, mas quando deu certo, seu avô fez questão de me levar para passear no Crato, que ele tinha uns aderentes por lá. Comecinho de cinquenta e três. E por lá a gente ficou pra mode ver o show de Luiz Gonzaga na festa de centenário do

Crato. E eu já estava esperando neném. Chegou o dia do show; eu e seu avô dançando. Eu com um barrigão por acolá. Ora, grávida de dois... Uma festa linda; nunca mais vi igual.

— Dava tudo pra ter visto, vó — disse Benigna, emocionada.

— Saí do show pra ter neném.

— Já pensou: eu vendo um show de Luiz Gonzaga no Crato, dançando com um homem de verdade? Mas como é que vou dançar com um homem no Crato, se nem dançar sozinha em Mocozal eu posso? Os poucos rapazes que têm viraram crentes salvos. Tem Tadeu, mas Tadeu nem olha pra mim.

— Esses crentes salvos não prestam pra nada. Não fazem nada e não deixam ninguém fazer nada. Mocozal não tem mais vida. Não tem queima de Judas, não tem quadrilha, não tem reisado. Mocozal não tem mais é nada.

Benigna e a avó ficaram quietas, pensativas, envoltas pelo silêncio da noite.

Não se ouvia nada, além do som do vento. Parecia que as raposas estavam saciadas, as cobras entocadas e as almas penadas tinham ido dormir.

Benigna viu que Dona Rosa fechou os olhos. Levantou-se bem devagar e foi andando pé ante pé de volta pra sua rede.

De repente, Dona Rosa abriu os olhos, saltou da rede e exclamou, excitada:

— Eu não rebolei fora!

Benigna tomou um susto.

— Vó, assim quem morre do coração sou eu! O quê, que a senhora não rebolou?

— Sabe o Judas que Zé Pio escondeu?

— Que é que tem?

— Dei um cochilo e sonhei com ele. Acho que o boneco ainda tá no paiol. Vá buscar a escada.

37

Peixes

A caminhonete com três cabras nervosas berrando baixinho estava parada diante da cancela de madeira apodrecida. Suado e amarrotado, Tadeu tentava acalmar os bichos emitindo sons guturais num ritmo lento e melancólico. Depois que as cabras sossegaram, empurrou a porteira e voltou para o veículo. Antes de dar a partida, soltou aquela cusparada, sua maneira inusitada de marcar território sempre que ia iniciar uma negociação complicada. Estava entrando no acampamento do casal de gringos. Era difícil negociar com aqueles dois: o que tinham de bonitos, tinham de espertos.

Dois anos antes, Jimmy Garcia e Linda Trevino, texanos trintões de ascendência hispânica, haviam arrendado uma propriedade dentro dos limites do sítio arqueológico de Santana do Cariri. Paleontólogos de formação, seu interesse científico era nulo — eram apenas um casal de contrabandistas de fósseis altamente qualificados. Formado pela Universidade do Arizona, Jimmy tinha fluência em espanhol, francês e português. Extremamente competitiva, sua ex-colega de faculdade falava corretamente dois idiomas a mais que o parceiro.

Haviam bancado a empreitada do próprio bolso, certos de que o investimento iria dar lucro. No entanto, a aventura no interior cearense caminhava para um completo malogro; a promissora fartura de fósseis raros não se confirmara até o momento. Os trabalhadores que haviam recrutado para fazer prospecção e escavação passavam o dia inteiro de cabeça baixa a raspar a terra, ajoelhados sob o sol escaldante, prospectando qualquer área do solo que apresentasse alguma peculiaridade, uma tonalidade diferente ou uma protuberância. Trabalhavam arduamente, levando semanas para achar alguma coisa, e quando achavam eram quase sempre pedaços de fósseis de peixes.

Abundantes nas concreções calcárias da Serra do Araripe, fóssil de peixe só tinha algum valor no mercado se apresentasse algo singular, como um aparelho digestivo visível, ou se fosse de uma espécie ainda não conhecida. No entanto, dos muitos encontrados, poucos eram de valor. Achados realmente especiais no acampamento, até agora, só mesmo um fóssil de ovo de lagarto e fragmentos das costelas de um roedor primitivo.

Com tanto gasto e tão pouco retorno, não era para menos que o clima andasse bastante tenso entre os gringos e a mão de obra, uma dúzia de homens entre dezenove e quarenta anos, dali mesmo da região. Jimmy estava frustrado e aborrecido, mas tentava, com seu jeito meio bonachão de rancheiro texano, manter-se otimista e minimamente cortês. Linda há muito perdera a motivação e as estribeiras. A morena exótica de olhos de lince acusava os trabalhadores de estarem fazendo corpo mole e suspeitava que a estivessem ludibriando.

Foi nesse clima, muito pouco propício à negociação, que Tadeu apareceu naquela manhã para oferecer sua mercadoria. Não as cabras, que essas ele sabia que não eram de interesse dos gringos, mas uns fósseis que conseguia fazendo escambo com sertanejos miseráveis que habitavam recônditos ainda mais remotos que Mocozal. Cada fóssil lhe custava meio litro de leite de cabra.

Segurando um saco de estopa, Tadeu precisou aguardar para falar com Jimmy e Linda do lado de fora da sede do acampamento, uma barraca de lona verde, dessas de estilo militar.

Dentro da tenda, os gringos estavam em reunião com um dos trabalhadores, Martônio, o mais novo e mais articulado do grupo, que estava ali há pouco mais de seis meses e já agia como porta-voz dos trabalhadores:

— Dr. Jimmy, tem outra questão, além do pagamento. É que se tivesse alguém pra ajudar, a gente não precisava perder tempo cozinhando e lavando roupa.

— O pagamento só sai segunda-feira. Está todo mundo ciente. Com relação ao outro pedido, vocês todos sabiam que iam cozinhar e lavar roupa quando foram contratados — argumentou Linda bruscamente, adiantando-se a Jimmy.

— Dra. Linda, é que o pessoal vai pra casa sem um tostão no bolso.

— Se continuarem a reclamar vão todos pra casa hoje com dinheiro, mas sem trabalho. Não precisam voltar na segunda! Nenhum de vocês.

— Linda, *please!* — interrompeu Jimmy, tentando acalmar os ânimos.

Linda levantou-se e falou para Jimmy, em inglês, que não ia continuar na reunião. Acendeu um cigarro e saiu da tenda. Na saída passou por Tadeu, que tentou, em vão, cumprimentá-la.

Na barraca, a conversa continuou:

— Dr. Jimmy, eu sou solteiro, não tenho essa necessidade toda de ter dinheiro na sexta. Mas meus colegas têm. Eles têm família. Sábado é dia de feira no interior, dia de comprar o que comer. A mudança que vocês fizeram pra pagar só na segunda está sendo muito ruim pra todo mundo.

— Eu vou conversar com Linda depois. Vai ser difícil mudar isso hoje. Ela está *furious.*

— Dr. Jimmy...

— Mais alguma coisa, Martônio?

— Com todo respeito, eu não acho que vocês deviam mandar os fósseis pra fora do país. Os fósseis podiam ficar aqui mesmo, em Santana, ou quem sabe no Crato ou Juazeiro. Tão querendo criar um museu de Paleontologia aqui em Santana; o senhor tá sabendo, né? Eles querem montar um negócio grande mesmo, de não sei quantas peças, com fóssil de dinossauro, de lagarto...

— Ouvi falar.

— Pois então! Se os fósseis ficassem em Santana podiam ser estudados pelo pessoal aqui do Cariri mesmo. Aqui agora tem universidade.

— Martônio, fósseis devem ser abrigados em um museu de verdade ou em uma instituição de pesquisa séria.

— Mas Santana do Cariri podia se tornar um centro de referência de Paleontologia!

— Centro de referência! Pra quem não tem educação, você até fala bonito — zombou Jimmy.

— Dr. Jimmy, pode não parecer, mas eu terminei o segundo grau no Crato e tenho planos de fazer faculdade. Meu pai era professor. Sempre me incentivou a ler, estudar. Sempre fui fuçador, sempre gostei de Arqueologia, de Paleontologia, de Zoologia. Eu vim trabalhar aqui porque preciso, é claro, mas vim também pra aprender, porque eu gosto muito desse negócio de fóssil.

— *Good for you*! Bem que achei mesmo você meio diferente dos outros.

— Eu sei que o senhor e a Dra. Linda querem ganhar dinheiro, Dr. Jimmy. Mas vocês podem vender os fósseis aqui mesmo no Brasil — insistiu Martônio.

Ante os argumentos do rapaz, Jimmy pôs-se de pé e tratou de encerrar a conversa:

— Martônio, você está fazendo um bom trabalho, mas eu e Linda sabemos o que fazer com os fósseis. Agora, com licença, que eu tenho outra reunião. Peça a esse rapaz que está aí fora pra entrar.

Martônio saiu da barraca realmente desapontado. Ao passar por Tadeu, acenou para ele entrar. Tadeu entrou, parou diante de uma lousa e tentou, em vão, ler os dizeres escritos a giz: "*No próximo morro pode estar enterrada a grande descoberta*".

— Isso não estava escrito na última vez que eu vim aqui — comentou.

— É uma frase de meu professor — disse Jimmy, sentando-se novamente.

Tadeu aproximou-se, apertou a mão do paleontólogo, colocou o saco de estopa no chão e puxou uma cadeira.

Jimmy continuou:

— O maior paleontólogo americano de todos os tempos. Talvez o maior paleontólogo do século XX. Foi meu professor. Meu ídolo.

— E foi seu professor?

— Aposentou-se já, há uns cinco anos. Eu disse a ele que ia encontrar algo aqui no Brasil que ia me fazer tão importante quanto ele.

— Trouxe umas coisas aqui pro senhor ver.

Tadeu tirou do saco de estopa meia-dúzia de fósseis de peixes e colocou em cima da mesa.

— Peixe de novo, Tadeu? É só o que você tem? Fóssil de peixe?

Jimmy observou as peças uma a uma, escolheu três e descartou as outras.

— Vou ficar com esses. Os outros não valem nada. Mas você pode enganar os bestas e ganhar uns trocados na feira em Santana.

— Me dê ao menos cinco por cada um só pra eu não perder a viagem.

— Dou cinco *dollars* pelos três — disse Jimmy se levantando e tirando uma cédula de cinco dólares da carteira.

Tadeu fez uma cara de vítima, mas aceitou o dinheiro. Colocou os fósseis rejeitados de volta no saco de estopa e fez menção de se retirar. Antes de sair da tenda, tirou um envelope amassado do bolso da camisa suada e mostrou a Jimmy.

— Umas fotos de outro material que eu tenho.

— Deixe aí que eu olho depois com calma.

Tadeu deixou o envelope em cima da mesa e saiu.

Jimmy respirou profundamente e soprou. Fechou os olhos, pôs as mãos na cabeça e ficou a assanhar os cabelos, visivelmente estressado.

— Estou precisando de um *drink*.

Abriu os olhos, viu Linda diante de si.

— Tem um litro de vodca no armário — afirmou Linda, com seu típico ar blasé.

— Eu acho que a gente tem que sair daqui. Longe dessa poeira, desse povo. Há semanas que estou sob esse sol, de chapéu do amanhecer ao pôr do sol, entupido de protetor solar.

Jimmy levantou-se e ficou frente a frente com Linda. Deu-lhe um beijo no pescoço, elogiando seu perfume.

— Não sei como você consegue continuar cheirosa...

Linda afastou-se, relutante. Jimmy insistiu:

— Vamos pro Crato. Não aguento mais comer enlatado nesse acampamento. Quero beber uma cerveja gelada e comer num restaurante decente. *Maybe we can dance a little.*

— Dançar? Eu lhe chamei pra dançar várias vezes nessas últimas semanas. Recebi sempre um não. Agora que você quer ir? *Thanks, but no, thanks!*

Linda continuou a conversa em inglês, dizendo que estava muito aborrecida com a maneira como Jimmy vinha administrando o acampamento. Disse que ele era um fraco, sem pulso; até um novato tinha a coragem de confrontá-lo! Ele deveria ter demitido Martônio por ter a petulância de questionar sobre a mudança do dia do pagamento.

— Mas você não vai mais precisar lidar com ele — concluiu Linda.

***

Tadeu entrou na caminhonete e deu partida no carro. Martônio fez um gesto com as mãos pedindo para ele parar.

— Acabei de ser demitido. Pode me dar uma carona? — perguntou Martônio.

— Carona mesmo eu não gosto de dar. Mas se você me pagar um cruzado eu lhe levo.

— Quero pegar o ônibus pro Crato. Sai de Santana ao meio dia — disse Martônio, tirando uma moeda do bolso.

Martônio subiu na boleia e foi logo puxando conversa:

— Os bodes são seus? Gosto muito de buchada de bode.

— Minhas cabras são pra comer não. Só pra leite mesmo.

— E dá trabalho?

— Criar cabra? De jeito nenhum.

Toda a conversa de Tadeu girava em torno de cabras. Se o interlocutor demonstrasse algum interesse, ele discorria um rosário inteiro sobre o tema. Foi falando sobre cabras até Martônio saltar no ponto de ônibus em Santana do Cariri.

Presente

Sentada no alpendre em sua cadeira preguiçosa, Dona Rosa estava absorta consertando o boneco do Judas, quando a caminhonete freou bruscamente, levantando poeira, e parou diante da velha bicicleta encostada no pé de oiticica que sombreava o terreiro no meio da tarde. Quatro cabras berravam histéricas na carroceria. Tadeu desceu do carro e tentou contê-las com seu aboio. Em vão.

Dona Rosa largou a costura na preguiçosa, levantou-se com certa dificuldade e caminhou até a escadinha da varanda que dava acesso ao terreiro:

— Passou hoje bem cedinho batendo e está voltando carregado, hein?

— Elas ficaram nervosas por causa do freio — respondeu Tadeu, enquanto pegava, no assento do passageiro, um grande pacote cilíndrico embrulhado em folhas de jornal.

— Comprei as três menorzinhas de uma viúva lá em Arneiroz. Está se desfazendo de tudo pra ir embora pra São Paulo morar mais o filho. Bem mansinhas. Essa maior foi lá em Santana do Cariri. Parece que é meio braba.

A poeira foi se dispersando e o berro incontrolável das cabras finalmente cessou.

— Devem estar é com sede. Peraí que Benigna foi lá na cacimba buscar água.

Carregando o embrulho debaixo do braço, Tadeu subiu a escadinha e pôs o volume em cima do parapeito, sentando-se ao lado. Dona Rosa pegou um tamborete e sentou-se em frente ao visitante.

— Foi bater em Santana? E tu tem negócio por lá?

— Eu faço negócio é nesse interior todo, Dona Rosa. Da Serra das Almas até o Juazeiro.

— Então tá rico! Já pode até casar! — comentou a velha senhora, ensaiando um sorriso tímido.

Dona Rosa notou que o rapaz tinha ficado sem jeito com o comentário e emendou:

— Aceita um docim de leite de cabra pra beber água? Fiz com o leite que você me vendeu.

— Aceito — disse Tadeu, olhando intrigado para o boneco largado na preguiçosa, com alguns buracos já tapados e as pernas removidas.

Dona Rosa antecipou-se à pergunta:

— Isso é um Judas que eu estou consertando.

— Mas já passou a Semana Santa, ora.

— História minha mais Benigna — despistou Dona Rosa.

Sem maiores rodeios, Tadeu mostrou o volume no parapeito e falou:

— É pra senhora.

***

Benigna entrou em casa com uma lata d'água na cabeça e deu de cara com Tadeu comendo doce de leite e Dona Rosa admirando um couro de bode estendido no chão da sala.

— Olhe, Benigna! Tadeu me deu pra enfeitar a sala!

Surpresa com a visita de Tadeu, Benigna comentou, um tanto acanhada, que o couro era lindo e passou para a cozinha.

46

Enquanto enchia o pote, pensava no motivo de Tadeu ter dado um couro de bode para Dona Rosa: "Tadeu nunca foi de dar nada a ninguém! É pão-duro. Todo mundo fala que ele passa a mingau e papa de farinha que é pra não gastar. E agora dá um couro de presente pra minha avó? Muito estranho. Ou talvez não... Talvez seja só a língua do povo mesmo, coitado de Tadeu. O povo de Mocozal tem a língua grande. Só porque tá ganhando dinheiro anda na boca do povo. Tá ficando rico e o povo tá é com inveja. É isso. E além de rico continua bonito. O mais bonito da vila. Sempre foi. Anda meio malamanhado agora, mas continua um pão! Pena que nunca tenha reparado em mim. Mas é porque é um abestado. Eu tenho é abuso dele. Quer dizer, tenho abuso não. Eu não tenho mais é esperança que ele olhe pra mim. Também, quem manda eu não ser bonita? Sou mirradinha, não tenho peitão nem coxa grossa. Nem bundona".

A risadaria de Dona Rosa e Tadeu na sala arrancou Benigna de seus pensamentos. Os dois conversavam animadamente. Tadeu falava de maneira debochada sobre alguém que tinha conhecido naquele dia — o sujeito não tinha menor ideia de como criar cabras!

— Eu disse: cabra, tu tem que tirar o chifre logo quando os cabritos são novinhos porque se deixar elas atacam os outros cabritos e atacam a gente.

— Nem isso ele sabia? — questionou Dona Rosa, admirada.

Benigna trouxe um copo d'água para a visita. Tadeu bebeu tudo de uma vez e continuou:

— Nada! Era um rapazote mais novo que eu, acho que estava só assuntando mesmo. Não tinha jeito de quem ia saber criar nada não. Mas a senhora sabe, não é todo cabrito que a gente tem que tirar o chifre não.

— Eu sei disso, menino. A gente esfrega a testa. Se a pele se mover não vai nascer chifre.

— Pois é. Eu avisei pra ele: pra mexer com animal, você tem que aprender com quem já cria. E tem que gostar como se fosse gente da família. Eu gosto tanto das minhas cabras que abro a janela de manhã só pra sentir o cheiro das bichinha. Conheço o jeito delas tudim. Sei quando estão tristes, quando vão ficar doentes, quando estão com enrolação. Sei tudo. Quando nasce uma, já sei se vai ser das que berram baixinho, se vai ser das sossegadas, das escandalosas. Com uma semana sei se vai gostar de saltar, de dar coice, se vai dar leite bom, se vai dar pouco leite.

Dona Rosa notou que Benigna tinha ficado sem graça com a presença de Tadeu e sugeriu:

— Benigna, você devia pegar uma carona com Tadeu pra Mocozal — sugeriu Dona Rosa.

— Vó, Tadeu faz corrida paga, a senhora sabe disso — argumentou Benigna, disfarçando seu interesse com um pouco de desdém.

Tadeu estufou o peito e explicou:

— Acho certo fazer corrida de graça não. Eu cobro porque é justo. Ora, eu pago gasolina, pago pneu, pago pra ajeitar quando a caminhonete dá o prego. Tudo custa. Aí vou levar os outros pra lá e pra cá de graça? Eu mesmo não. Mas isso é os outros, viu, Benigna? Você vai comigo é de graça!

Benigna achou ainda mais estranha essa oferta: "Tadeu nunca reparou em mim. Desde menina, o tanto que eu já passei requebrando na frente dele na pracinha, o tanto de olhada que eu já dei. Até carta anônima eu já escrevi e ele nunca se tocou que eu gosto nele. Gostar, não; tenho é paixão mesmo. Quer dizer, paixão, não, que eu não sei dizer se isso o que eu sinto é paixão; acho que é só uma coisa que eu botei na minha cabeça. Como é que eu vou saber o que diabo é isso que eu sinto se nunca fiquei sozinha nem um pedaço conversando mais ele? Acho que a gente só pode dizer que tá apaixonada mesmo quando dá o primeiro beijo.".

Sem saber o que responder, Benigna olhou para a avó e perguntou:

— E a bicicleta?

— Ora, vai em riba da carroceria berrando mais as cabras — galhofou Tadeu.

Benigna não gostou do comentário jocoso; achou que Tadeu estava fazendo pouco dela.

— Obrigada, mas vou ficar pra dormir aqui — respondeu secamente.

— Você vai voltar pra casa hoje. Cacilda deve tá preocupada — argumentou Dona Rosa.

— Preocupada? Deve tá é com muita raiva de mim. Porque eu ainda tô com raiva dela. Por mim, eu não voltava pra lá nunca.

— Não discuta! Vá pegar suas coisas — determinou a velha senhora.

Prometida

O momento era especial. Primeira vez que andava de carro. Primeira vez que entabulava, a sós, uma conversa com um homem. Primeira vez que se sentia uma moça de verdade. O trajeto era curto, apenas os quilômetros entre o sítio e Mocozal, mas cada metro percorrido estava sendo vivido e aproveitado ao máximo.

Benigna sentia-se importantíssima sentada na boleia da caminhonete. Com a coluna ereta, o pescoço esticado e a cabeça um pouco empinada para trás, parecia até mais alta. Maneirismos e gestos largos foram contidos. Pelo menos temporariamente. Afinal, tinha que parecer adulta, portar-se com modos próprios de moça, mostrar-se mais madura e menos estabanada do que era — não podia perder a oportunidade única de impressionar Tadeu.

Tadeu falava de seu assunto predileto: cabras. Dizia que era um animal bom de criar naquela terra seca porque era muito resistente, e que cabra não gostava de ficar confinada, que se ficasse muito tempo num lugar fechado era capaz de adoecer, e que cabra não gostava de ficar sozinha e que cabra isso e aquilo outro. Benigna ouvia atentamente e respondia com monossílabos ou balançando a cabeça em concordância, com medo de falar besteira.

A coisa estava indo bem. Não tinha dado nenhum fora até agora. Estava fazendo tudo certo. Só que, de repente, ela sentiu uma vontade incontrolável de rir, pensando no refrão da música de Clemilda: *"Seu delegado, prenda o Tadeu, ele pegou a minha irmã e..."*.

Não, aquilo não podia estar acontecendo. Não ia, depois de tantos anos de espera, colocar tudo a perder por conta de uma gargalhada sem sentido! Tinha que se segurar, tinha que pensar em alguma coisa que a impedisse de gargalhar. Pensou em coisas aleatórias: na saúde da avó, que estava ficando cada vez precária; nos pneus da bicicleta, que estavam precisando de ar; no espartilho da mãe, que encontrou em um baú na casa da tia e que agora estava destroçado...

Quatro quilômetros antes de chegar a Mocozal, próximo a uma grande curva, Tadeu pisou no freio bruscamente, quase na beira da imensa boçoroca. Assustada, Benigna soltou um grito e não conseguiu mais segurar o riso. Só não morreu de vergonha porque tanto o grito quanto o riso foram abafados pelo berro estridente das cabras na carroceria.

— Eu vou ter que parar aqui por um instantinho — disse Tadeu, gentilmente.

Pelo retrovisor, Benigna viu o rapaz pegar um saco de estopa na carroceria do veículo e sair correndo apressado barranco abaixo.

Eram quase cinco da tarde. O sol começava a baixar e um leve tom de brasa ia colorindo o céu dos Inhamuns. Era a hora mais bonita do dia para Benigna. A hora em que ventos fortes traziam não só o merecido alívio para os dias tórridos daquele rincão, mas enormes redemoinhos, que irrompiam em sincronia, alternando timidez e volúpia, resignação e violência. Benigna saiu do carro, sentou-se à beira da boçoroca e ficou lá, mesmerizada, a observar o bailado da poeira, esperando pelo retorno de Tadeu.

Absorta, só percebeu que o Opala azul-celeste de Logan estava se aproximando quando as cabras começaram a berrar de novo.

Tudo o que ela não queria era encontrar o pastor ali, agora. Bem capaz de ele já saber da história do espartilho e vir com lição de moral. Se não soubesse, ia começar a encher seu saco de qualquer maneira falando sobre conversão, sobre esse negócio dela gostar de dançar, de querer ser noiva de quadrilha, enfim, Logan ia reclamar sobre qualquer coisa, que era só isso que ele sabia fazer.

Para escapar do iminente encontro com o pastor, Benigna enfiou-se rapidamente numa grota bem no comecinho da descida do barranco.

Logan parou o carro e viu que Tadeu não estava na boleia de sua caminhonete. Olhou em volta e nada do rapaz. Devia estar ali por perto, pensou. Olhou para o relógio. Estava atrasado, não podia esperar. Pegou um pedaço de papel no porta-luvas do carro e escreveu um bilhete. Colocou a mensagem debaixo do para-brisa da picape e partiu.

Assim que o Opala desapareceu na curva da estrada, Benigna saiu da grota, pegou o bilhete e leu em voz alta, com um pouco de dificuldade:

— Deu certo assunto da sua prometida. Cacilda aceitou você ficar noivo de Benigna.

Benigna não entendeu de imediato o que leu. Quando finalmente compreendeu a mensagem, arregalou os olhos, em estado de êxtase: sim, ela não ia ser noiva de mentira em noite de folguedo, mas ia ser era noiva de verdade! Ia se casar com Tadeu e finalmente se livrar da tia e do pastor!

Uma rajada de vento sacudiu sua saia e seus cabelos. Sentiu algo indescritível. Era como se aquela ventania estivesse sacudindo toda a poeira acumulada em anos de terrível opressão.

Caverna

Não se podia dizer que era, assim, um *Grand Canyon*, mas a boçoroca que corria paralela à estrada que ligava Dilermândia a Mocozal tinha lá sua imponência. Vinha aumentando ao longo das décadas. Em comprimento e largura, mas principalmente em profundidade. Diziam que antes houve, ali, um rio caudaloso. Mentira do povo, aquele lugar nunca viu água — teimava Dona Rosa. A velha senhora falava que o solo começou a ceder quando sua bisavó ainda era criança. Aos poucos, a terra foi desgrudando do solo e virando poeira, que o vento foi tratando de arrastar.

A erosão e as raríssimas enxurradas — quando o inverno dava as caras — afundaram ainda mais o buracão. Criaram rasgos no solo, abriram grotas, cavaram fendas de toda forma e tamanho. Quem olhava de cima da encosta não tinha noção da quantidade enorme de talhes nas paredes e no fundo da boçoroca.

Algumas cavidades viraram verdadeiras grutas. Foi uma delas que Tadeu escolheu para ser seu esconderijo de fósseis. Guardava-os ali, longe da bisbilhotice e do disse-me-disse dos habitantes de Mocozal.

Costumava descer a ribanceira correndo, com um saco nas costas, saltando com destreza por sobre os buracos. Entrava em sua caverna e dispunha as peças, que havia conseguido sertão afora, nas reentrâncias das paredes ou em tocas de cobras. Fazia tudo muito rápido, por isso não tinha hesitado em deixar Benigna esperando na picape, lá em cima. Em uns dez minutos, no máximo, estaria de volta.

Uma vez na gruta, Tadeu entocou os fósseis rejeitados por Jimmy, ensacou outros e levou consigo. A subida da ribanceira era cansativa, não dava para correr. Fez o costumeiro percurso devagar, pulando as grotas. Logo no começo da subida, porém, uma cobra atravessou seu caminho, ele se assustou e perdeu o equilíbrio, caindo dentro de uma vala. No que caiu, bateu a cabeça numa pedra e perdeu os sentidos.

Acordou meio desorientado e com uma tremenda dor de cabeça. Conseguiu sair da vala com dificuldade e andou mancando até uma área onde pudesse ser avistado por quem estivesse lá em cima.

Sentada à beira do precipício, Benigna estava muito preocupada. Já estava perto das seis horas e nada de Tadeu voltar. Devia descer e ir à procura do futuro noivo? Mas e se ele ficasse irritado com sua petulância? E se quisesse desistir de noivar por lhe achar muito abelhuda? Não, o melhor era esperar, concluiu.

O sol estava prestes a se pôr quando Benigna finalmente viu Tadeu lá embaixo, gritando seu nome e acenando com os dois braços.

Benigna desceu bem devagar. Tinha verdadeiro pavor de escorregar e rolar ribanceira abaixo. Desde criança, foi alertada pela tia e pela avó a nunca se aproximar muito da boçoroca, pois a terra podia ceder. Cresceu com receio de ser engolida pelo buraco.

Quando finalmente chegou onde Tadeu estava, percebeu que ele estava mancando, e que procurava por algo.

— Que é que tá procurando?

— Uma pedra.

— Eu ajudo a procurar. Mas como é essa pedra?

— É uma pedra escura — Tadeu tentou explicar, meio sem jeito. — Levei uma queda e o saco escapou das minhas mãos e foi parar no fundo da ribanceira. Tinha cinco pedras. Eu encontrei quatro, falta uma. Tem uns cinco centímetros. É em forma de... Parece um...

— É aquilo ali? — apontou Benigna.

— Sim. Parece com o negócio de um macaco!

Benigna quis rir, mas se conteve. Pegou a pedra e entregou a Tadeu.

Os dois foram até a caverna. Tadeu caminhava com dificuldade.

— E por que você quer essas pedras?

— Eu vendo pra uns gringos lá em Santana do Cariri. Eles dão valor a essas pedras. Chama de fóssil. Guardo aqui porque o povo de Mocozal tem olho grande. Se o povo souber que tem gente que dá dinheiro por elas vai ser aquele Deus nos acuda.

— E você não vai mais levar o saco lá pra cima?

— Não, vou deixar essas aqui na caverna mesmo. Depois eu venho pegar que eu tô todo quebrado, com muita dor no pé.

— Se você quiser eu carrego pra você.

Tadeu balançou a cabeça negativamente e entrou na caverna, já escura.

— Aí tá um breu. Tem cobra não? — perguntou Benigna.

Tadeu não respondeu.

A curiosidade era muita, mas o medo de cobra era maior. Benigna preferiu esperar do lado de fora.

Quando Tadeu saiu do fundo da caverna, Benigna entregou o bilhete de Logan.

— O pastor passou no carro e deixou pra você.

— Um bilhete? Mas eu não sei ler. Eu só conheço mesmo os *númuro*.

— Tem problema não. Eu aceito ser sua noiva.

Maricoto

— Vó, vai ser tão bom! Imagine, eu indo pras festas com Tadeu. Sim, porque eu vou querer ir a todas as festas. Tia Cacilda não vai mais poder me impedir.

— E nem o reverendo — completou Dona Rosa.

— Aquele gringo? Eu nunca mais vou precisar ouvir as besteiras dele.

— Já pensou, minha filha? Parece até que tô vendo: você casada, tendo suas coisinha, se divertindo... Mas será que Tadeu gosta mesmo de festa, de dançar, de se divertir, Benigna?

Benigna andava de um lado para outro na sala da casa da avó, gesticulando com as mãos, sem se conter de tanta alegria, enquanto Dona Rosa pacientemente consertava o Judas que esteve esses anos todos escondido no paiol, sujeito a mordidas de rato. A roupa do boneco estava toda rasgada, uma parte do enchimento tinha desaparecido.

— Mas é claro, vó, lembra não? No aniversário de quinze anos de Lucivanda, na escola, tiveram que chamar Tadeu pra dançar a valsa com ela porque nenhum dos menino da escola sabia dançar era nada. Depois da valsa, Lucivanda e Tadeu se jogaram no forró e tudo. E eu doida pra que Tadeu me tirasse pra dançar, mas ele nem olhava pra mim. Também, nem peito eu tinha naquela época!

— É que você ficou moça tarde. Até treze anos você era uma sibita baleada — comentou Dona Rosa, sorridente, enquanto alinhavava o boneco.

— Nem tinha peito, nem coxa grossa, nem bunda! As minhas colegas já eram tudo moça. Ficaram se enxerindo, rebolando, se oferecendo pra dançar uma parte mais Tadeu. Mas ninguém ficou com Tadeu. E quem vai casar com Tadeu sou eu, enquanto elas viraram crentes, com aqueles cabelos compridos, batendo na bunda. Horrorosas!

Dona Rosa concordou sorrindo. Benigna caiu na gargalhada.

— Pois se Tadeu gosta de festa, vocês vão se divertir muito nas festas em Dilermândia. Quem sabe vocês dois vão bater no Crato visitar Lucivanda? Ainda bem que não deu certo esse negócio de você ir pra lá pra ser noiva de quadrilha. Já pensou? Ia deixar de ser noiva de verdade!

Ajudando a virar o boneco para que a avó desse o arremate na área correspondente à virilha, Benigna subitamente fez uma expressão apreensiva.

— Vó, e se eu errar o passo?

— Errar o passo?

— Sim, se eu não souber acompanhar Tadeu na dança? Ora, ele dança muito bem. Eu tenho que treinar muito com o boneco.

Dona Rosa deu uma pausa na costura, pensativa.

— Vou terminar logo esse conserto pra você dançar mais o Judas.

— Ai, meu Deus! Preciso treinar muito pra não passar vergonha na valsa do casamento.

Diante da ansiedade de Benigna, Dona Rosa tornou a consertar o boneco, preenchendo os vazios do enchimento com forragem e fechando os rasgos da roupa com retalhos cortados de uma camisa do falecido marido.

— Pois eu acho que você já dança é muito bem — disse a velha senhora.

— Vó, dançar com um cabo de vassoura é fácil!

— É de família, minha filha. Todo mundo na nossa família tem jeito pra dançar. No tempo de seu avô, quando terminava a desbulha do milho, eu mais ele, a gente dançava de tudo e dava era show: era xaxado, era baião, era xote. Eu fazia um macunzá, matava uma galinha e era aquela arrumação até umas horas. Seu pai era menino ainda e ficava só me vendo dançar mais seu avô. Foi nessas festas da desbulha que ele aprendeu a dançar. Só olhando mesmo. E aí pronto, virou rapaz e as moças faziam fila pra dançar uma parte mais ele. No dia do casamento dele mais sua mãe, o povo fez foi aplaudir os dois dançando. Era tanta gente nessa festa. Esse terreiro ficou abarrotado. Veio o povo todo do Mocozal, veio gente de Dilermândia, uns parentes de sua mãe ali da banda da Oiticica, veio até os parentes de seu avô do Crato. O forró varou a madrugada. Cumpade Zé Pio na sanfona de oito baixos, com aqueles óculos fundo-de-garrafa dele, um rapaz cego de um olho que eu não lembro o nome no triângulo e seu avô tocando zabumba. Todo mundo dançou. Menos Cacilda, que ficava só sentada mesmo e me ajudando a servir a comida.

Dona Rosa fez menção de se levantar.

— Eu me lembro de padim Zé Pio tocando sanfona, bem alegre — comentou Benigna, entregando um carretel de linha de costura para a avó, evitando que se levantasse.

— O que tinha de alegre tinha de feio. Ave, como o coitado de Zé Pio era feio! Não tinha mulher que quisesse casar com ele. Noivava, mas não casava. Uma acabou por carta e fugiu pra banda da Paraíba, outra sumiu sem nem deixar rastro, e a terceira noivou, mas depois a gente descobriu que era uma mulher que já tinha se amancebado com não sei quantos. Aí seu avô teve muita pena, porque ele já era rapaz velho, e falou pra ele casar com Cacilda, que também já tava passando da idade de casar.

— Olhe como são as coisas: tia Cacilda, que nunca gostou de dança, casou logo com um sanfoneiro arretado — ironizou Benigna.

— Pois Cacilda nem no casamento dela dançou. Zé Pio pelejou pra eles dançarem a valsa, mas ela fincou pé e disse que não dançava. Aí o pobre nem dançou e nem fez aquelas coisa, coitado, que você já sabe da história.

— Pena que não tem um retrato meu de daminha no casamento. Retrato era uma coisa difícil naquela época, né? Engraçado que eu me lembro da alegria de padim Zé Pio, mas só me lembro de papai carrancudo.

— Mas seu pai era animado, sim! Seu pai e sua mãe. A história deles foi tão bonita quanta a minha mais seu avô. Bem mais curtinha, coitados, mas foi linda. E eles também viram show de Luiz Gonzaga no Crato, em setenta e quatro. Você não tinha nem dois anos. A família toda foi: eu, seu avô, seu pai, sua mãe, você, Cacilda, Zé Pio, Mafalda...

— Pois eu só me lembro de papai com a Bíblia debaixo do braço.

— Mas isso foi depois que o diabo desse reverendo apareceu em Mocozal, vindo de não sei de onde, com esse negócio de ser picado por cobra e não acontecer nada. Aí todo mundo foi se convertendo, virando crente salvo. Primeiro foi sua tia. Ela eu até entendo, pois sempre foi beata, gostou de terço, novena, promessa, essas coisas. Só fez mudar de religião. Mas seu pai? Seu pai nunca foi religioso. Pelo contrário, gostava muito era de farra. Cansei de ir buscar ele, seu avô e Zé Pio num bar que tinha em Mocozal, onde hoje fica a igreja dos crentes. Eles ficavam tocando música e bebendo. Eu inventava que ficava entufada, mas gostava era muito da arrumação. Aí Zé Pio morreu de repente, não tinha mais ninguém pra tocar sanfona. Depois seu avô ficou doente e parou de beber. Seu pai ficou sem os companheiros de farra, macambúzio. Por fim, até o dono do bar se converteu e acabou com o bar.

Dona Rosa fez nova menção de se levantar, mas Benigna apressou-se para dar-lhe uma massagem nas costas.

— Quando sua mãe morreu, seu pai ficou muito enlutado e resolveu virar crente. Daí foi mexer nas cobras do pastor e deu no que deu — concluiu Dona Rosa.

Por um instante, a melancolia tomou conta das duas.

— Vai dar tudo certo, Benigna. Você vai ter uma vida maravilhosa. Melhor que a vida que a gente levava antes desse reverendo tomar de conta de Mocozal. Olhe, eu vou dar uma paradinha agora — disse, levantando-se.

Dona Rosa levantou-se e pôs o boneco de pé — tinha quase um metro e meio, um pouco menor que Benigna, que olhou para a obra inacabada, excitada.

— Falta um arremate aqui nas costas. E a senhora vai fazer uma boca nova, né vó? A boca do pobre do Judas virou um ninho de rato.

— Daqui a pouco. Agora preciso comer, que tô morrendo de fome.

Dona Rosa saiu para a cozinha e Benigna ficou a admirar seu parceiro: a dimensão dos braços, do tórax, das pernas... Olhava intrigada, achando o trabalho bem feito, mas incompleto. Tudo bem, ainda faltavam uns pequenos arremates e a boca nova. Mas havia algo estranho, algo mais faltava para que aquele boneco se parecesse com um homem de verdade.

Benigna cruzou as pernas do boneco e chegou à conclusão:

— Falta o mondrongo das partes!

Benigna deixou o boneco sentado na cadeira preguiçosa da avó. Avisou a Dona Rosa que ia sair, mas voltava logo. Montou na bicicleta, que estava encostada no pé de oiticica, e saiu pedalando, em disparada, em direção à vila.

Ofegante, suor escorrendo pelo rosto, Benigna chegou ao seu destino. Deixou a bicicleta na beira da estrada e desceu a boçoroca rumo à gruta onde Tadeu escondia os fósseis. Esquecendo seu medo de cobra por um momento, foi metendo a mão nos buracos e tocas até encontrar aquilo que queria: a pedra que parecia com o pênis de um macaco!

— É isso aqui que tá faltando!

* * *

— Vó, é só pra dar a impressão que é um homem de verdade. Se a senhora costurar bem direitinho ele por dentro, fica igual a um homem quando tá de calça comprida. Todo homem tem esse mondrongo. Eu tenho que dançar mais um boneco que tenha alguma coisa entre as pernas! Se todo homem tem, um boneco parceiro de dança também tem que ter.

— Que invenção é essa, minha filha?

— Já pensou? Eu pratico com o boneco sem o mondrongo nas partes e faço tudo direitim. Aí quando for dançar a valsa mais Tadeu e ele vier esfregar aquele negócio dele em mim, eu vou ficar sem saber como me comportar. Já pensou? Eu quero acertar o passo, então tenho que saber como é que faz pra dançar mais um boneco que pareça um homem de verdade.

Balançando a cabeça em um ligeiro tom de reprovação e, ao mesmo tempo, achando muito engraçada a estripulia da neta, Dona Rosa inseriu o fóssil na virilha do boneco de pano e deu o arremate final.

— Taí, minha filha, o Maricoto, pai da Maricota! Tem olho, nariz, boca e até o mondrongo das partes, que é pra você saber como é quando for dançar com um homem de verdade. Vá treinar com o Maricoto!

— Marminino! Só se for agora!

Benigna colocou o rádio para tocar. Ao som de "Eu vou pro Crato", de Luiz Gonzaga, começou a dançar com seu parceiro levantando poeira pelo terreiro. Não podia estar mais feliz.

Ungida

Mafalda Coité era a costureira mais afamada de Dilermândia. Tia da falecida mãe de Benigna, era uma mulher pesadona, cheia de sinais de carne espalhados pelo corpo, conhecida por sua franqueza desconcertante e sua mania de meter o bedelho em tudo. Tinha pouco contato com a sobrinha-neta, mas fez questão de vir para seu almoço de noivado, na casa de Cacilda.

Aproveitando que Cacilda e Dona Rosa estavam ocupadas na cozinha, preparando uma buchada de bode, e que Logan e Tadeu estavam na mesa da sala fazendo contas, Mafalda chamou Benigna para conversar no quarto onde estava hospedada. Trancou a porta e foi logo perguntando:

— Você gosta mesmo desse rapaz?

— Desde criança, tia Mafalda.

— Pois parece não! Eu ainda não vi um abraço, não vi um beijo, não vi uma namoração... Não vi nada que me diga que vocês se gostam.

— Eu quero fazer essas coisas, tia. Mas quem disse que tia Cacilda deixa eu ficar sozinha mais Tadeu? É o tempo todo vigiando. Eu já chamei Tadeu pra gente escapulir e dar uma volta de carro, mas ele achou melhor esperar pra depois do noivado pra não aborrecer minha tia e também pra o povo não falar.

— Povo falar? Antigamente o povo daqui de Mocozal tinha essa besteira não. Seu pai e sua mãe, dava era gosto de ver os agarrados deles. Mas vocês nunca deram nem uns beijim?

— Só no rosto mesmo. Mas daqui pra frente o negócio vai ser diferente. A gente já tá ficando noivo e quem quiser que se lasque.

Mafalda fez uma cara de quem aprovava a determinação de Benigna, pegou uma trena no bolso do vestido e começou a tirar suas medidas.

— Eu que costurei o vestido de sua mãe, sabia? Gracinha ficou linda.

— Sabia. Eu tinha o espartilho até dia desses.

— Vou fazer um vestido bem escandaloso pra ti, decotado, com a calda bem longa de volta-ao-mundo, parecido com o vestido de sua mãe. Tu vai ficar linda e vai calar a boca desse povo do Mocozal, besta!

— Eita que tia Cacilda vai dar o pulo! Vai ser mais uma briga.

— Cacilda ainda briga muito com você?

— Demais. Eu não aguento mais, tia, tanta confusão com ela. A gente mora na mesma casa, mas quase nem se fala direito. Não vê a cara de abusada dela o tempo todo? Quero ver se daqui pro dia do casamento a gente fica em paz.

— Sabe o que é isso? É despeito porque você vai casar, sabia? Enquanto ela vive feito uma lesada, na vã esperança que esse pastor um dia queira ela. Coitada, não sabe de nada.

— Sabe de nada o quê, tia?

— Nada! Ela não sabe nada desse pastor. Ele tem uma igreja lá em Dilermândia, né? A daqui deve ter sete pra oito anos, a de lá tem bem uns dez. Abriu assim que chegou, era solteiro ainda. Eu não lembro muito dele não, porque sou muito caseira e não dou de conta de nada que acontece em Dilermândia. Mas sei que ele se encantou com Maria Esmeraldina. Ela era muito católica, bem beata, assim do mesmo jeito de Cacilda. Trabalhava ajudando o pai numa fabriqueta de caixão de defunto. Muito caladinha, muito magrinha, muito alva, parecia uma alma.

— Cruz credo!

— Pois ela se encantou com ele e virou crente. Aí ficou ajudando nas coisas da igreja, assim como Cacilda. Virou uma... cumaé?

— Uma diaconisa.

— Sim, esse negócio aí. Pois bem, casaram. Deu nem um ano, Maria Esmeraldina morreu. Assim, de repente. Do nada. Disseram que foi coração. Uma menina nova, vinte e poucos anos. Pois bem, ficou por isso. Só que há um mês, mês e pouquinho, uma crente salva veio me encomendar umas costuras porque ia embora pra São Paulo morar mais a filha e estava com vergonha de chegar lá com a roupa que tinha.

— Uma crente salva deixar o culto e ir embora? E o reverendo deixou?

— Deixar, deixou não. Disse que ele só faltou bater nela. Mas ela fincou pé e disse que ia embora mesmo. Não ia deixar de ter do bom e do melhor em São Paulo pra ficar dançando com cobra feito uma maluca. Pois bem, essa mulher, ela tava com tanta raiva desse pastor, mas com tanta raiva, que era provando roupa e metendo a lenha. Entregou tudo: disse que Maria Esmeraldina morreu foi de picada de cobra!

— Foi mesmo, tia?

— Foi. Do mesmo jeito que aconteceu com seu pai. E tem mais: o pastor passou dois dias com Maria Esmeraldina morta, dentro da igreja, sem dizer nada pra ninguém. Fechou as portas e ficou com o corpo lá dentro. Os crentes abafaram tudo, o resto da cidade até hoje não sabe de nada. O segredo ficou só com eles. Mas eu agora sei desse segredo.

— Negócio esquisito, tia.

***

De banho tomado e camisa de manga comprida passada por dentro, a mando do reverendo, Tadeu entregou, de maneira um tanto desajeitada, o anel de noivado a Benigna. Cumpriu o ritual sem muita empolgação. Parecia quase estar cumprindo uma obrigação. A seguir, Logan fez uma palestra sobre o sentido do noivado, afirmando que todos os cristãos de verdade, todos os crentes salvos, e mesmo os que ainda não tinham sido salvos, tinham por obrigação constituir família para agradar a Deus. E afirmou que tinha recebido uma grande missão: juntar Tadeu e Benigna, para que formassem uma nova família, na retidão, no temor e na graça do Senhor.

Curiosamente, o reverendo não falou de forma exagerada e apocalíptica como de costume. Economizou nas palavras e nos arroubos — um artifício para angariar a simpatia de Mafalda Coité, cuja fama de linguaruda já era conhecida em Dilermândia. Queria causar boa impressão na costureira. Quem sabe ela poderia até se interessar em ir ao culto?

O almoço transcorreu normalmente. O clima não era exatamente de festa, mas era cordial. Na mesa, uma panela com buchada de bode, outra com arroz, e tigelas com feijão, cuscuz e batata-doce. O reverendo, numa das cabeceiras da mesa, excepcionalmente afável. Em um dos lados, Dona Rosa e Benigna, radiantes, cochichavam de vez em quando uma com a outra — Benigna não se cansava de olhar o anel de noivado. Do lado oposto, Mafalda e Tadeu, satisfeitos e lambuzados com o caldo grosso e amarelado da buchada. Na outra cabeceira, Cacilda, com sua sisudez, destoando do resto dos comensais.

Uma oração havia precedido a refeição, outra encerrou. O cafezinho foi servido.

Depois de tudo consumado, Mafalda falou de supetão:

— Já tirei as medidas. Vou logo avisando, o vestido vai ter decote. Sei que vocês não gostam muito, mas vestido de noiva tem que ter decote!

— Decote? Na igreja? Se for fazer vestido decotado nem perca seu tempo — rebateu Cacilda.

Mafalda fez ouvidos moucos para o aparte e dirigiu-se ao pastor.

— Reverendo, uma pergunta: se um crente for picado por uma cobra ele não morre, né?

— Nao morre. Se crente quiser, pega cobra, deixa picar corpo todo, mostra fé, mostra poder sobre inimigo. Autoridade sobre inimigo. Nao morre. Isso está em Marcos, capítulo 16, versículos 17 e 18.

Logan pegou a Bíblia, abriu numa página e leu em tom solene:

— E estes sinais *seguirao* aos que crerem: Em meu nome *expulsarao* os demônios; *falarao* novas línguas; *pegarao* nas serpentes; e se beberem alguma coisa mortífera, *nao* lhes fará dano algum; e *porao* as *maos* sobre os enfermos, e os *curarao*.

— Então basta eu virar crente salva que posso deixar uma serpente me picar?

— Nao. Nao. Nao é assim. Nao é todo crente salvo que *manusear* serpente. Tem que estar com espírito preparado. Tem que ser ungido. Ungido! Membro experiente de igreja: pastor, diaconisa, *anciao*...

— Mas Casimiro não era ungido?

— *Jesus Christ!* Já expliquei centenas de vezes. *Thousands*. O pai de Benigna estava...

— Mafalda, esse assunto tá morto e foi muito bem enterrado há anos, junto com meu irmão — interrompeu Cacilda.

— Já expliquei, mas *no problem*, explico de novo: Casimiro estava bêbado. Pegou em serpente quando estava bêbado. O espírito de Casimiro estava fraco, sem força *due to* muito... muita cachaça.

Cacilda levantou um pouco o tom de voz:

— Você tá cansada de saber que Casimiro bebia porque estava sentindo muito a perda de Gracinha, Mafalda.

— Eu sei disso. Todos nós sentimos a perda de Gracinha — respondeu Mafalda, no mesmo tom.

— Mas a gente se conformou. Só que ele não; ele nunca se conformou.

— Então a conversão dele foi ou não foi de verdade?

— Ele tentou se converter, mas não largou a bebida de vez. Você não é crente salva. Não sabe como são essas coisas. E não sou quem vou lhe dizer como é que as coisas funcionam.

Logan tentou explicar:

— O que Cacilda quer dizer, Dona Mafalda, é que uma *conversao* leva tempo. Com alguns acontece rápido. Converte e pronto. Como aconteceu aqui com nosso amigo. Convertido totalmente.

Benigna observava Tadeu, receosa que estivesse aborrecido com a conversa tensa, e não percebeu que o pastor apontou para ele quando falou de conversão rápida. Resolveu chamar o noivo pra ir conversar na cozinha, enquanto ela lavava a louça.

Tadeu pegou sua câmera Polaroid e a seguiu.

Dona Rosa também pediu licença e foi se deitar.

Mafalda permaneceu sentada à mesa, com Logan e Cacilda.

A conversa então continuou, em um tom ligeiramente mais brando:

— Tudo bem. Eu vou aceitar que Casimiro não tava totalmente convertido, não era ungido e não tava preparado pra mexer em serpente. Foi picado e morreu. Pronto.

— Finalmente, depois de anos, você entende isso, Mafalda! — disse Cacilda, irônica.

— Você é ungida, né, Cacilda? — perguntou Mafalda.

— Claro!

— Cacilda é diaconisa. Toda diaconisa é ungida. *Manusear* serpente. E não morre. Olhe aí Cacilda, viva, viva. Acabou de comer buchada — disse Logan em tom de brincadeira.

Mafalda fingiu um sorriso, olhou fundo nos olhos do pastor e arrematou:

— Mas e Maria Esmeraldina? Sua esposa não bebia, reverendo, e ainda por cima era diaconisa da igreja de Dilermândia. Uma crente salva legítima. Ungida e tudo o mais. Por que é então que Maria Esmeraldina morreu com uma picada de cobra?

Engodo

— Tadeu, agora que a gente é noivo, queria que você me dissesse duas coisas. Assim, só se você puder mesmo. É que eu sou muito curiosa, sabe — falou Benigna, meio hesitante, enquanto esfregava a panela onde a buchada foi cozida.

— Diga.

Benigna colocou a panela de lado, e tomou coragem:

— Por que você não reparou em mim antes?

— Ora, Benigna, você era uma menina até um dia desses. Como é que eu ia reparar numa menina? Isso é pecado. Pense aí, eu sou quase dez anos mais velho que você.

— É... Tá certo. Eu pensava que era por isso mesmo.

— E a outra coisa?

— A outra é...

Tadeu percebeu que Benigna estava titubeando.

— Desembucha — disse, em tom gaiato.

— Você gostou de Lucivanda, não gostou?

De repente, o semblante de Tadeu tornou-se sério. Benigna notou que ele não tinha gostado da pergunta e apressou-se em remediar a situação.

— Desculpe, por favor, desculpe. Eu com essa minha curiosidade...

— Eu vou lhe responder, Benigna. Mas é a primeira e última vez que vou falar nesse assunto. Gostei. Gostei muito de Lucivanda; não vou mentir. Desde o dia que dancei a valsa mais ela. Fiquei arrumando um meio de falar em namoro, mas eu não tinha nada pra oferecer pra ela. Aí, perto de morrer, papai passou a caminhonete pro meu nome, me deu uns trocados e eu comprei umas cabras pensando que ela ia reparar em mim. Mas ela fez foi ir embora daqui. Perdi a graça das coisas. Fiquei meio sem sentido nessa vida. Nessas minhas andanças por aí, não conto a quantidade de vez que fui bater no Crato só pra ver se via ela. Até que vi, caminhando de mão dada com um rapaz. Aí resolvi esquecer ela de vez. Pronto. Essa é a história.

Benigna ficou com pena de Tadeu e, sem saber o que dizer, tornou a esfregar a panela.

— Eu também queria saber uma coisa sua — falou Tadeu.

— Pode perguntar. Eu não tenho segredo.

— Você ainda canta com a cabeça no pote? — perguntou Tadeu, com um sorriso encardido.

— Cabeça no pote? Que arrumação é essa? — perguntou Benigna, soltando uma gaitada.

— Você não deve lembrar que era muito pequena. Fui eu que vim buscar sua mãe pra levar pro hospital em Dilermândia, quando ela adoeceu. Todo mundo aperreado e você só de calcinha com a cabeça enfiada no pote cantando "Assum Preto" bem alto, sem saber nem o que tava acontecendo.

— Tenho lembrança disso não. E foi você quem levou mamãe pro hospital?

— Seu Casimiro foi pedir pra papai levar ela lá, que ela tava com a cabeça pra estourar. Mas papai estava no quarto no bem bom. Ele tinha mulher e família lá em Dilermândia, aí vinha aqui só mesmo pra namorar mais mamãe. Aí eu disse que se ele deixasse, eu levava Seu Casimiro e Dona Gracinha. Eu não tinha nem quinze anos. Foi minha primeira viagem guiando a caminhonete de papai.

Benigna ia fazer um comentário, mas a gritaria na sala indicava que a prosa entre Mafalda, Cacilda e Logan tinha tomado outro rumo. O reverendo agora falava com o costumeiro tom exaltado e ameaçador, citando passagens da Bíblia, dizendo que Jesus ia voltar e quem não se convertesse ia queimar no fogo do inferno. Benigna resolveu deixar o resto da louça por lavar.

— Essa zoada na sala tá azucrinando meu juízo. Vamos tirar meu retrato lá no quintal?

***

Benigna fez uma cara de quem estava com raiva. Depois abriu um sorriso. Bem artificial. Demasiadamente artificial. Não conseguia encontrar o lugar para a foto. Nem a expressão. Mudava de lugar. De pose. Fazia caras, fazia bocas.

— Posso tirar?

— Tire... Não, tire não que eu não tô pronta.

Colocou a mão na cintura, os longos cabelos de lado, arregalou os olhos e falou entredentes.

— Tire... Tire agora...

Tadeu não bateu a foto.

— Você tá toda tesa, parecendo uma estauta.

— Ave, que coisa difícil é tirar um retrato. Eu tô ficando é com sistema nervoso.

— Vá pegar a bicicleta ali debaixo daquele pé de pau.

— Pra quê?

— Pegue lá pra gente ver uma coisa.

Benigna trouxe a bicicleta e ficou segurando o guidão.

— Pronto. Que é que eu faço?

Tadeu bateu a foto sem avisar. Esperou um minuto para secar e entregou-a para a noiva.

Ao ver o rosto em uma foto colorida, com expressão suavemente intrigada, Benigna ficou animada e bateu palmas.

— Ficou linda! Peraí que eu vou guardar pra não amassar. Volto já.

Benigna passou pela sala correndo, sem dar atenção para a conversa tensa do pastor e das tias. Entrou em seu quarto, abriu o guarda-roupa e tirou de dentro uma caixa de sapatos, onde havia meia-dúzia de retratos em preto e branco. A foto no topo da pilha estava virada. Benigna leu a mensagem: *"Benigna, Esse rapaz da foto é Marciano. Conheci num forró. A gente está ajeitando as coisas pra casar! Espero que um dia dê certo você vir pro Crato. Estou com muita saudade. Lucivanda"*. Benigna desvirou o retrato, abriu um leve sorriso de saudade e colocou sua primeira foto colorida por cima das outras.

***

— Acho que a gente devia ir passar a lua de mel na Serra das Almas. Lá tem um riacho que corre água o ano todo. Tem uma mata bonita, com muito jatobá, aroeira. Lá de cima tem uma vista bonita, a gente olha e vê esse sertão todo.

Benigna não se mostrou muito empolgada com a possibilidade de passar a lua de mel num lugar ainda mais ermo que Mocozal.

— Queria passar a lua de mel no Crato. Vai ter competição de quadrilha e de noiva. Eu queria assistir. Aproveitava e ia visitar minha amiga Lucivanda. Tenho muita vontade de ver Lucivanda. Pra mim, ela é como uma irmã mais velha. A irmã que eu nunca tive. Se não fosse por Lucivanda nem saber ler eu sabia. Eu sempre quis ser como ela: uma pessoa distimida, que não leva desaforo pra casa.

— Pois eu não quero ver Lucivanda é de jeito nenhum.

— Eu entendo que você não queira se encontrar com ela. Mas você não precisa ir visitar Lucivanda. Você pode ficar bebendo com um amigo num bar enquanto eu vou lá na casa dela.

— Bar? Vou fazer o que em bar se eu não bebo?

— Valha, pois eu achava que você bebia. Todo homem aqui de Mocozal gosta de tomar uma cachacinha. Eu pensei que...

— Pensou errado.

— Pois então vai e toma só um refrigerante mesmo. Aí eu vou ver Lucivanda bem rapidinho e volto pra gente ir pra um forró.

— Esposa minha não vai dançar forró, muito menos no Crato. Eu dançava forró, mas isso era antes. Antes de virar crente salvo.

— Deixe de paiaçada, rapaz! Imagine, tu, crente salvo! — ironizou Benigna.

— Onde você anda com essa sua cabeça, menina? Já tá perto de fazer é um mês! Pensei que você sabia. Pois virei! E agora, que sou crente salvo, nunca mais vou pra festa mundana e nem vou dançar forró e nem qualquer outro modelo de dança, nem com você e nem com ninguém. Eu quero é aprender a ler e virar pastor.

— Você tá de engodo comigo, Tadeu?

Irmã

Começou o ciclo festivo junino. As casas, ruas, praças, todos os espaços do Crato transbordavam excitação. A celebração das festas de Santo Antônio, São João e São Pedro mudava a rotina da cidade, que ficava apinhada de bandeirolas, quermesses, apresentações artísticas e povo contente. Os cratenses enchiam-se de orgulho, especialmente, de seu concurso de quadrilhas, um espetáculo encenado com grande entusiasmo na Praça da Sé.

Grupos de quadrilha, cada qual representando um bairro da cidade, revezavam-se no palco montado no meio do pátio da igreja. Vestidos a caráter, damas e cavalheiros davam o máximo de si nas exibições. Elas, com vestidos de chita com estampas florais, cabelos trançados, muita maquiagem, pintinhas no rosto e sorrisos largos. Eles, com camisas listradas ou quadriculadas em tons berrantes, chapéus de palha, sandálias de couro e palmas ritmadas. Dançavam efusivamente, incentivando a plateia a participar, aplaudir e cantar a música que haviam escolhido para a competição. A brincadeira era levada a sério!

Um dos espectadores parecia não se impressionar com nada daquilo: Linda Trevino olhava os brincantes dançando e cantando, na maior energia, sem se contagiar. Não estava necessariamente entediada, mas parecia meio espantada com o que via. Observava tudo e todos com certo desprezo e ar de estranhamento. Ao seu lado, Jimmy Garcia, tomando cerveja, dançava de forma bem desajeitada, se divertindo a valer.

Chegou a hora do pessoal do Alto da Penha se apresentar. O grupo, que não portava trajes lá muito exuberantes, mostrou logo a que veio: ao som de "ABC do Sertão", de Luiz Gonzaga, fez, em sua formação no palco, as letras do alfabeto esbanjando elegância e harmonia.

Sob a regência do marcador, sessenta damas e cavalheiros executaram os movimentos de forma magistral. A quadrilha do Alto da Penha era liderada por Martônio.

Assim que terminou a apresentação, Martônio comemorava eufórico a aclamação do público, que gritava "já ganhou" a plenos pulmões, quando seu olhar cruzou momentaneamente com os de Jimmy e Linda. Jimmy cumprimentou o rapaz com um ligeiro movimento de cabeça e fez um sinal positivo com o polegar. Linda desviou o olhar.

Martônio viu uma bela moça de olhos cor de mel e cabelos castanho-claros ondulados chamando por seu nome na multidão. Ficou feliz em ver quem era e foi ao seu encontro.

— Lu, que bom que deu certo você vir!

— O movimento tava muito fraco e eu pedi pra sair mais cedo.

— Acho que não vai dar pra gente ganhar a competição de noiva, mas a gente tem muita chance de ganhar a de quadrilha.

— Tô aqui na torcida, fazendo figa!

— Vamos jantar no Guanabara mais tarde pra comemorar o sucesso? Eu pago.

— Mal arranjou serviço e já vai pagando jantar pra cunhada?

* * *

Um senhor já bem de idade entregou o troco, bem devagar, moeda a moeda:

— Quem já esteve aqui também foi Nélson Gonçalves.

— Quem? — perguntou Jimmy.

— Nélson Gonçalves. Você não sabe quem é Nélson Gonçalves?

— Nós somos gringos. Não conhecemos os cantores daqui muito bem.

— Logo vi. Pra mim, é o segundo maior cantor do Brasil. Só perde pra Luiz Gonzaga, que pra mim é o primeiro. E é o primeiro porque canta as coisas aqui do nosso povo, da nossa terra. O terceiro é Roberto Carlos. Mas Roberto Carlos é essa moçada mais nova que gosta mais. E vocês são de onde? São de São Paulo?

— De *los* Estados Unidos da América. *The land of the free.*

O velho senhor fez uma cara de quem não havia compreendido e emendou:

— Pois da próxima vez que vier peça o capote. Pode vir a qualquer hora, aqui é aberto o dia todo, todo dia. Esse é o único restaurante do Cariri que não fecha nunca. Nem no Natal, nem no Ano Novo, nem na Semana Santa.

Jimmy e Linda desocuparam a mesa e saíram do restaurante. Por pouco não cruzaram com Martônio e sua cunhada.

De cabeça baixa, o velho senhor passou um pano molhado na mesa, deixando-a pronta para novos clientes. A cunhada de Martônio aproximou-se por trás. O velho tomou um susto.

— Lucivanda! Pensei que você tinha esquecido seu amigo velho!

Lucivanda deu um abraço no velho senhor e se sentou.

— Estou trabalhando no Juazeiro, Seu Xerez. Aí fica mais difícil sobrar tempo pra eu vir aqui. Mas o senhor mora no meu coração, viu? — disse Lucivanda.

Seu Xerez olhou pra Martônio e falou:

— Essa menina foi a melhor empregada que eu já tive. Chegou bem novinha de Mocozal, um distrito de Dilermândia, interiorzão brabo lá nos perdidos dos Inhamuns. Veio me pedir emprego. Aí eu arranjei para ela trabalhar de babá de meu neto. Agora tá aí, casada com você, trabalhando no Juazeiro.

— Esse não é meu marido não, Seu Xerez. Esse aqui é meu cunhado Martônio.

— Mas é muito parecido. E cadê seu marido?

— Marciano tá pra banda de São Paulo, mas tá voltando semana que vem.

— Acabou de sair um casal de São Paulo daqui... Ah, não, eles não eram de São Paulo não, são de fora, só não lembro mais de onde... E trabalha no Juazeiro? Em quê?

— Num armazém que vende artigos de couro. Vende coisa pra romeiro, pra pessoal que lida com gado, pra pessoal de vaquejada e...

Alguém chamou Seu Xerez em outra mesa e ele deixou Lucivanda falando sozinha.

— Seu Xerez tinha que parar de trabalhar, coitado. Daqui a pouco ele volta aqui empolgado pra falar dos cantores que já vieram no Guanabara: Orlando Silva, Nélson Gonçalves, Gonzagão...

Martônio interrompeu a cunhada:

— Sim, quase me esqueço de lhe dizer. Está mais que confirmado! Gonzagão vem mês que vem pra Exposição. Vai haver uma homenagem aos quatro heróis do Ciclo do Jumento: ele, Padre Antônio Vieira, Patativa do Assaré e José Clementino. Estava torcendo muito pra que desse certo esse show. Não viu como o povo se empolgou com a música dele na quadrilha?

— Com certeza! Vai ser muito bom ver Gonzagão cantar ao vivo. Um forrozim bom pra variar.

— Realmente. Porque o forró de hoje é só com letra de duplo sentido. Por que é que Genival Lacerda e Clemilda não cantam forró de qualidade como Gonzagão e Dominguinhos?

Seu Xerez veio à mesa e entregou o cardápio a Lucivanda de maneira bem displicente, como se nunca a tivesse visto.

— Ele tá meio caduco, né? — perguntou Martônio sorrindo.

— A idade. Chega pra todo mundo.

— Por que você mentiu sobre Marciano?

— Que é que eu iria falar pra Seu Xerez? Que Marciano foi pra São Paulo ajudar um amigo a levar uma carga e não deu mais notícia?

— Meu irmão vai dar notícia. Tenho fé.

— Martônio, não minta pra mim. Você sabe de alguma coisa?

— Eu não sei de nada, Lucivanda. Sei tanto quanto você. Meu irmão não ligou, não mandou telegrama, carta, nada.

— O carteiro foi hoje lá em casa. Peguei o envelope pensando que era uma carta de Marciano. Chega gelei. Mas era uma correspondência de Benigna, aquela minha amiga de infância. Amiga, não, a gente era muito mais que amiga. Ela era como se fosse minha irmã mais nova.

— A menina com nome de beata...

Lucivanda tirou da bolsa um envelope com uma foto Polaroid e mostrou a Martônio:

Martônio olhou a fotografia e leu a mensagem escrita no verso: *"Fiquei noiva de Tadeu. Ele virou crente salvo. Tia Mafalda também. Mande esse retrato de volta. Eu só tenho esse retrato colorido".*

— Bonita, sua amiga, Lu.

— De beata não tem nada. Adora quadrilha, doida por festa. Mas agora vai casar com um crente salvo, coitada. Tenho muita pena dela, no meio daqueles crentes fanáticos de Mocozal.

Macacos

No percurso de volta para o acampamento, Jimmy e Linda estavam discordando em tudo. Ele estava visivelmente mais relaxado, depois de uma noitada de farra no Crato. Ela parecia mais irritada que nunca.

— Acho que são felizes de verdade. Muito animados!

— Uma alegria falsa!

— Why? It's a beautiful dance.

— Very strange...

Bem-disposto, Jimmy começou assobiar "ABC do Sertão", a música da quadrilha de que mais gostou. Linda revirou os olhos e pediu para ele parar com aquilo, a melodia era muito irritante. Jimmy aquiesceu. Mas começou a fazer um elaborado paralelo entre quadrilha e a *line dance* que costumava dançar no interior do Texas, onde os dançarinos ficam em filas repetindo os movimentos em sincronia. A diferença, segundo ele, é que a *line dance* era dançada de forma mais sincopada e as pessoas não olham umas para as outras, como na quadrilha. Enfim, achou a dança brasileira muito eletrizante e sensual.

Contrariada com o ânimo do parceiro de crime e cama, Linda começou a fazer movimentos caricatos e exagerados, acompanhados de um sorriso falso, debochando dos brincantes:

— Parece uma dança de macacos! E aquele rapaz, Martônio, lá, no meio dos macacos — comentou, com absoluto desdém.

Jimmy argumentou que ela talvez não tivesse entendido que a intenção da dança era mesmo a caricatura e o exagero. A dança era propositalmente assim. Era como uma celebração folclórica, como um festival de colheita de milho ou de maçã. Talvez ela não entendesse porque sempre viveu em cidades grandes como Houston e Nova Iorque.

O resto da viagem de volta para o acampamento foi assim: de argumentos e contra-argumentos, uma conversa sem-fim, didática e enfadonha. Chegaram ao acampamento cansados um do outro. Linda foi para a casinha de três cômodos onde pernoitavam. Jimmy foi para a tenda.

O contrabandista começou a ajeitar uns papéis na mesa de trabalho e viu o envelope com as fotos Polaroid de fósseis que Tadeu tinha lhe entregue semanas antes.

Olhando cuidadosamente uma das fotos, concluiu:

— Isto não é o pênis de um macaco!

Excitado, correu para a casinha com a foto na mão. Linda havia acabado de tomar um banho e estava se perfumando.

Jimmy abraçou a parceira, elogiou, como sempre, seu cheiro, e disse que Tadeu tinha em seu poder um fóssil de pênis que, à primeira vista, pode parecer ser de um macaco primitivo, mas era grande a chance de ser o fóssil do pênis de um hominídeo que viveu na América do Sul há centenas de milhares de anos. E se isso fosse verdade, iria ser uma descoberta majestosa, tão importante, ou melhor, quase tão importante quanto Luci, o mais antigo ancestral humano, encontrado na Etiópia. Eles poderiam ganhar muito dinheiro e fama se se apossassem do fóssil.

Linda olhou a foto e, como de hábito, não demonstrou muito entusiasmo. Argumentou que o fóssil não podia ser tão antigo assim, pois embora tenham sido achados fósseis de hominídeos de milhões de anos na África, Ásia e Europa, as descobertas nas Américas tinham sido sempre de espécies bem mais recentes.

O fóssil deveria ter entre 50 e 70 mil anos, no máximo. Poderia ter bom valor de mercado, mas nada que os tirasse da miséria. Jimmy reclamou que Linda sempre jogava um balde de água fria em tudo, que nada a excitava. Nem mesmo sexo.

Sem se abalar, a contrabandista disse que deveriam sim, comprar o fóssil, e verificar sua antiguidade. Se fosse de um hominídeo de uma espécie nova, totalmente diferente, mesmo que não tão antiga quanto a que havia sido recentemente descoberto no Chade, ela aceitava continuar tocando o acampamento no Cariri. Mas se não fosse algo raro, incomum, era o fim da expedição. Continuou reafirmando que odiava aquele lugar, aquela cultura, aquela gente e que a empreitada toda foi um tremendo fracasso. E ela detestava fracassar. Se tivessem ido para Baringo, no Quênia, como havia inicialmente proposto, teria sido bem melhor.

Enfim, era sua última chance: se o fóssil não fosse nada de muito especial, iriam embora. Caso ele insistisse em continuar com a expedição no Brasil, seria o fim da parceria. Cada um seguiria seu destino.

Passamento

Logo depois do noivado de Benigna, Dona Rosa caiu muito doente. Extremamente fraca, sem conseguir se levantar da rede, precisava de cuidados contínuos. Benigna mudou-se de vez para a casa da avó. Cacilda vinha dia sim, dia não.

— Cadê Cacilda, Benigna?

— Hoje é dia de culto. A senhora não sabe como é? Não tem como ela não ir pra esse culto.

— Ela sempre gostou muito de igreja. Desde novinha. Esse seu nome foi coisa dela. Quando virou devota da Beata Benigna de Santana do Cariri.

— Eu sei, vó.

— Eu queria me despedir dela. Queria me despedir de Cacilda.

— Amanhã ela vem.

— Só amanhã? Não vai dar tempo.

— Durma, vó, durma! Capaz de Tadeu trazer tia Cacilda mais tarde aqui pra ver a senhora. Aquele é outro; não perde um culto.

— Pois cante uma música de Luiz Gonzaga pra eu dormir. Cante Ave-Maria Sertaneja.

Abatida ao ver a avó assim, tão fraquinha, Benigna começou a cantar baixinho.

— Mais alto. Bem alto. E dance uma valsa com o Maricoto.

Benigna fechou os olhos e cantou com todo ardor, bailando lentamente com o boneco.

***

Sentada à beira do precipício com Benigna e o boneco Maricoto, Dona Rosa olhou aquele mundo caudaloso de água barrenta a preencher o fundo do buraco. O rio do passado, o rio caudaloso que o povo da região falava ter corrido no fundo da boçoroca, um dia, voltava, agora, com toda a violência, levando tudo que encontrava pela frente.

— Tem coragem não, Rosinha, de pular? — perguntou Maricoto.

— Deixe de gaiatice, Maricoto. Chame minha avó de Dona Rosa — reclamou Benigna.

— Tem nada não. Maricoto não tem muita noção das coisas. É por isso que é um boneco — disse a velha senhora, sorrindo de forma condescendente.

Dona Rosa olhou o sol escaldante e o horizonte lá na frente, e afirmou:

— Eu tenho coragem sim, Maricoto, que eu não afundo. Já você, que é de pano...

— Pois prove que a senhora não afunda. Pule!

Dona Rosa olhou pra Benigna e falou:

— Eu vou pular! Qualquer coisa, se você notar que eu estou afundando, você corre, pega a minha rede e joga pra mim. Se eu não flutuar, a rede flutua.

Dona Rosa pulou. Maricoto falou pra Benigna:

— Corra e pegue a rede que Rosinha vai afundar.

A rede precipitou-se no ar suavemente e pairou. Não tocou as águas impetuosas; ficou flutuando a uns dez centímetros da superfície do rio.

Dona Rosa emergiu, agarrou-se nos punhos, subiu na rede e foi descendo as águas do rio, que de repente desembocaram no Jaguaribe. A velha senhora foi descendo o rio, acenando para as lavadeiras em Arneiroz, para os vaqueiros em Iguatu, até chegar ao grande lago da barragem do Orós.

O vento soprou forte e levou a rede de Dona Rosa até a margem, onde a esperavam: seu pai, sua mãe, seus avós, seu marido, seu filho, sua nora, seu genro, seus antepassados, muita gente que se parecia com ela. Cantavam, em um enlevado coro, a Ave-Maria Sertaneja:

Quando batem as seis horas
De joelhos sobre o chão
O sertanejo reza a sua oração
Ave Maria
Mãe de Deus Jesus
Nos dê força e coragem
Pra carregar a nossa cruz
Nesta hora bendita e santa
Devemos suplicar
A Virgem Imaculada
Os enfermos vir curar
Ave Maria
Mãe de Deus Jesus
Nos dê força e coragem
Pra carregar a nossa cruz
Pra carregar a nossa cruz.

* * *

Cantando com os olhos cerrados, Benigna não notou o passamento da avó. Quando terminou de cantar, viu que Dona Rosa não respirava mais; tinha um semblante de paz e um sorriso pacífico no rosto.

Benigna ajoelhou-se e chorou copiosamente, abraçada ao corpo da avó.

— Vó, acorde! Não vá embora. Não faça isso comigo! E agora, quem é que vai ouvir minhas histórias? Quem é que vai ouvir rádio comigo? Quem é que vai ver minhas danações? Quem é que vai cuidar de mim? Eu achava que a senhora só ia embora quando eu já tivesse meus filhos. Queria que a senhora visse meus filhos brincando nesse terreiro. Acho que a senhora ia gostar muito de ver eles se danando. Eu, meus meninos e a senhora, no terreiro. Nós tudo dançando mais o Maricoto. Eu queria que a senhora contasse as suas histórias pra eles. Queria que... Ah, vó, eu não sei se vou conseguir mais suportar, não. Eu não quero mais casar com Tadeu. Não quero mais morar com tia Cacilda. Eu podia ir morar mais tia Mafalda lá em Dilermândia. Mas até tia Mafalda se converteu... Vozinha do meu coração. Descanse. Eu sei que a senhora tá muito cansada, com saudade de vovô. Com saudade de papai. Eu sei. Mas e agora, como é que vai ser?

Não havia resposta. O corpo estava inerte. A avó não estava mais ali.

A noite tornou-se fria. Cheirava a abandono.

Benigna levantou-se e olhou em volta. Não havia ninguém para consolá-la. Soluçando, abraçou o boneco Maricoto.

— Não tem mais jeito, eu tô só. Não tem mais ninguém pra me proteger. Nem minha mãe, nem Lucivanda, nem minha avó. Acabou. Eu vou ter que me converter.

Cacilda chegou ao sítio de repente, com Tadeu, e viu Benigna, desconsolada, abraçada ao boneco.

Sua primeira reação ao perceber que a mãe havia falecido foi arrancar, de forma brutal, o boneco dos braços da sobrinha.

Perversão

— Pastor, mamãe morreu! — disse Cacilda, enquanto batia à porta do quartinho nos fundos da igreja.

Sonolento, o reverendo abriu a porta, ainda sem entender o que estava se passando.

— A gente trouxe mamãe na caminhonete pra ser velada e enterrada no cemitério daqui.

Logan arregalou os olhos.

— Dona Rosa morreu? Onde está corpo? — perguntou, sobressaltado.

— Lá em casa, repousando na minha cama.

— Escolheu vestido?

— Vai ser enterrada com o vestido que Mafalda costurou pro batizado de Benigna.

Dentro em pouco, Logan estava diante da defunta, junto com Cacilda. Parecia transtornado. Benigna chorava ao lado do corpo da avó. Apático, Tadeu observava a cena.

— Vou preparar corpo — disse Logan.

— Não, reverendo. Pode deixar. Eu cuido de vovó mais tia Cacilda — retrucou Benigna.

— Isso é trabalho de pastor. Vou purificar, vestir e maquiar Dona Rosa. Você fica quieta em sala, orando com Cacilda e Tadeu.

Benigna relutou. Teve de ser levada pra fora do quarto pelo noivo, à força.

Logan passou a chave na porta e ficou sozinho com o corpo de Dona Rosa. Seu coração disparou. Foi tomado de repente por um misto de sensações — receio, excitação, enlevo — manifestadas em espasmos involuntários, boca seca e mãos frias. Há muito tempo não sentia isso. Anos.

A imagem da mãe maquiando e vestindo um cadáver veio à sua mente: ele, com 10 anos, muito tímido e esquálido, fazendo a tarefa escolar sentado numa poltrona, enquanto ela maquiava e penteava, na mesa de aço ao lado, a bela Amanda Coots, mulher do prefeito de Chattanooga.

Vindos já devidamente preparadas do porão, os corpos eram entregues à sua mãe para que recebessem os cuidados finais e fossem exibidos no velório, dentro do caixão, serenos e com aparência sadia. A princípio, limitava-se a admirar aqueles rostos bem maquiados. Depois começou a acariciá-los, com a anuência da mãe, que não via nada de estranho naquilo.

Com Amanda Coots, foi mais além. A mãe terminou o serviço e ele a elogiou por ter devolvido uma expressão decente à bela mulher, que havia passado por suplício extremo por conta da enfermidade que a conduziu a óbito. Acariciou o rosto da defunta, como de costume. A mãe sorriu, agradecida, e foi ao banheiro. Então, aproveitou e beijou furtiva e lascivamente o cadáver de Amanda.

Aos 13 anos, já havia se deitado com nove defuntas na mesa de aço da casa funerária. E com dois defuntos.

A morte súbita da mãe forçou-o a interromper o vício bizarro. Foi morar, contra a vontade, com um tio em Jolo, na Virgínia Ocidental, lugarejo perdido no meio dos Apalaches, povoado por gente sem emprego e sem esperança. Crescera vendo gente morta e embalsamada, sem sentir medo ou nojo. Daquele bando de desdentados, viciados em analgésicos, álcool e *Mountain Dew*, tinha repugnância. Tanto que teve contato apenas com os quinze fanáticos da seita fundamentalista liderada pelo tio. Lá aprendeu a vencer a timidez, a fazer exortações em público usando trechos da Bíblia, e a manusear serpentes.

O consumo ilegal e desenfreado de analgésicos pelos perdidos, como o tio costumava chamar os viciados de Jolo, levou-o a se deparar novamente com uma pessoa morta e, de novo com sua perversão: foi flagrado pelo tio se masturbando, enquanto tocava o corpo de uma moça que tentava se converter e se livrar do vício de heroína, e que havia sucumbido, vítima de uma overdose. Expulso de casa e de Jolo, voltou para Chattanooga e eventualmente para a casa funerária. Não para fazer o tipo de serviço que a mãe fazia, mas para limpar e desinfetar o porão, onde se passava a parte verdadeiramente asquerosa da preparação de cadáveres: a remoção de órgãos e a sucção de líquidos corporais. Com tantos corpos a seu dispor, a necrofilia o dominou por completo. Ficou totalmente fora de controle, chegando a ter relações com cadáveres cinco vezes em um só dia.

Exaurido física e emocionalmente, procurou refúgio na fé, buscando uma conversão verdadeira. Como cultos com manuseio de serpentes haviam sido proibidos no Tennessee, optou pela Congregação do Novo Pentecostes, bem-sucedida igreja pentecostal que iniciara um programa de formação de missionários, os quais iriam partir em viagens de evangelização pela América do Sul. Tornou-se membro efetivo da igreja e foi escolhido para ser um dos missionários. Teve aulas de espanhol e português, e treinamento bíblico formal. Crescia na igreja, mas não resolvia sua compulsão.

Sabia que o que fazia era, não só um pecado terrível, mas um ato ilícito e sujeito a punição. Mas não conseguia dominar a tara. Vivia em estado de profunda ansiedade, morrendo de medo de ser flagrado na casa funerária em um de seus atos depravados. Por isso, a viagem missionária para o Brasil foi vista com um grande alívio.

Junto com os irmãos missionários, percorreu cidades do interior de São Paulo, de Minas e do Nordeste. Durante os quase dois anos de duração da missão, em nenhum momento teve a chance de exercer sua compulsão.

No dia de embarcar de volta para os Estados Unidos, resolveu ficar. Tinha receio de voltar para Chattanooga e continuar com o velho hábito. Queria a chance de recomeçar. Queria abrir sua própria igreja num lugar isolado, tão remoto quanto os Apalaches. Escolheu os Inhamuns.

Nesse tempo todo de Brasil, quase doze anos, cometera a odiosa abominação uma única vez; quando sua esposa, Maria Esmeraldina, teve o acidente com a serpente e ele se trancou com seu cadáver por dois dias, na igreja em Dilermândia.

Agora estava ali, diante do corpo de uma sexagenária, sentindo pulsar de novo dentro de si, mais forte que nunca, a perversão que o acompanhava desde criança.

Tirou a roupa de Dona Rosa e ficou a admirá-la, nua. Acariciou-a e beijou seus lábios, como fizera, vinte e cinco anos antes, com Amanda Coots.

Antes que fizesse mais alguma coisa, alguém virou a chave pelo lado de fora e abriu a porta:

— O que o senhor pensa que vai fazer com minha vó?

Pego em flagrante, Logan ficou lívido e momentaneamente sem ação.

Benigna trancou a porta novamente, antes que Cacilda ou Tadeu adentrassem o quarto.

— O senhor tava beijando minha vó!

— Eu estava orando perto dela.

— Mentira! Eu vi.

— Você *nao* viu nada. Você está cansada. Triste por morte de Dona Rosa. Imaginando coisas.

— Eu não tô imaginando nada não, reverendo. Eu senti um aperto no peito lá na sala, alguma coisa me disse que eu não podia deixar o senhor sozinho mais minha avó nesse quarto. Olhe, eu sei o que o senhor tava pensando em fazer. Mas não vai fazer não, viu? Com a minha avó, não. O senhor pode sair do quarto — exigiu Benigna.

— Eu vou sair porque você está *hysterical*. Muito nervosa. *But I'm going to tell you*: se você espalhar história que eu beijei Dona Rosa, vou provar que é mentira. Você vai ter que pegar serpente em culto em frente de crentes salvos de Mocozal. Se for mentira, serpente vai picar, você morre e queima em fogo do inferno. Se for verdade, você *nao* morre, porque Deus protege os justos.

— Eu não quero saber de conversa, reverendo. Saia do quarto que eu vou vestir minha avó.

Ladrona

Recolhida no sítio, Benigna não queria conversa com ninguém. Queria ficar só. Por uma semana Cacilda respeitou sua vontade. Depois decidiu que estava mais do que na hora da sobrinha seguir com a vida. Ela tinha que retornar a Mocozal. Aquele luto não podia continuar. Queria que Benigna voltasse a frequentar a escola, que se animasse com os preparativos para o casamento, que acabasse com essa besteira de tristeza e isolamento. Combinou com o reverendo e Tadeu de tomar um café da manhã especial no sítio de Dona Rosa, para tentar reanimar a menina e trazê-la de volta para a vila.

Cinco e meia da manhã, o Opala azul-celeste parou no terreiro do sítio, diante do pé de oiticica. Logan e Cacilda desceram do carro. Ela levava um envelope numa mão e segurava um saco de mantimentos na outra.

Benigna ainda estava dormindo, no alpendre, na rede da avó.

— Acorde, tem carta pra você — disse Cacilda, balançando os punhos da rede.

Benigna acordou num sobressalto.

— O motorista do ônibus trouxe ontem à tarde. É de Lucivanda — continuou Cacilda.

Benigna coçou os olhos, surpresa ao ver a tia e o reverendo ali, tão cedo.

— Carta de Lucivanda? — perguntou, um tanto incrédula.

Cacilda demorava a entregar as cartas de Lucivanda. Retinha-as por semanas e, às vezes, nem fazia uma entrega formal; simplesmente deixava o envelope em algum lugar visível. "Algum anjo deve ter tocado a alma de tia Cacilda pra ela me entregar essa carta", pensou Benigna.

— Eu trouxe umas coisas pra gente tomar um café mais você. O pastor fez questão de fazer as compras. Comprou até pão-doce, que ele sabe que você gosta. Vai até se atrasar pra os compromissos dele lá em Dilermândia, só pra tomar café mais a gente. Tadeu ficou de vir também.

Cacilda e o reverendo passaram para a cozinha. Cheia de ansiedade, Benigna correu para o quarto da avó. Uma vez sozinha, rasgou o envelope, que continha duas fotos e uma carta:

Minha querida Benigna, meus pêsames.

Fiquei com muita pena da morte de Dona Rosa. Chorei muito.

Você perdeu sua mãe com seis anos de idade, depois perdeu seu pai, depois perdeu seu avô e agora Dona Rosa.

Dona Rosa era a única pessoa da família que lhe apoiava. Eu também lhe apoio, mas não sou da família de sangue, como Dona Cacilda sempre fez questão de dizer com aquele jeito abusado dela.

Eu me lembro como se fosse hoje do enterro de sua mãe. Você chorando abraçada comigo. Aí eu com muita pena fiz uma promessa pra você que eu ia ficar sempre perto de você até a gente ficar velhinha. Falei que eu nunca ia lhe deixar, você lembra?

Olhe, eu não quebrei minha promessa, mas precisei sair de Mocozal porque viver aí não dava mais certo pra mim de jeito nenhum.

Se eu consegui sair de Mocozal e recomeçar minha vida, você também pode. Agora que Dona Rosa não está mais aí com você, não tem mais nada que lhe prenda nesse fim de mundo. Dona

Cacilda é uma doida varrida, como minha irmã. Vocês não vão se entender nunca.

Por isso, dê um jeito de sair de Mocozal. Nem que você tenha que fazer uma estripulia, nem que você tenha que fugir. Olhe, eu estou lhe devolvendo a sua foto. E estou mandando uma foto do meu cunhado Martônio. Eu sempre falei de você pra ele, do bem-querer que tenho por você, de nossas brincadeiras na pracinha e dos nossos cozinhadinhos. Mas Martônio não tinha ideia de como você era.

Eu mostrei essa foto sua pra ele. Ele lhe achou muito bonita! Aí pediu pra eu mandar uma foto dele pra você. Ele não é um pão?

Não precisa devolver a foto de Martônio. Aqui no Crato a gente sempre que quer vai ao fotógrafo e pronto, tira outra foto.

Martônio é muito inteligente e trabalhador. Morou até em São Paulo e tudo. É solteiro e é meio tímido. Mas se solta quando dança forró. Dança melhor que Marciano! Que por sinal, ainda não deu sinal de vida.

Mas vamos deixar de falar de coisas ruins.

Esse ano Martônio foi o marcador da nossa quadrilha. Pena que você não estava aqui pra ver. A gente ficou em segundo lugar no concurso. Isso foi uma maravilha, pois no ano passado a gente ficou em penúltimo lugar.

Ano que vem, Martônio disse que não tem quem tire a taça da gente. A nossa noiva foi desclassificada porque descobriram que ela não nasceu no Crato. Vão mudar essa regra, pois teve muita reclamação. Tem menina que nasceu no Juazeiro e na Barbalha, que mora aqui, quer ser noiva e não pode. Só por causa dessa regra idiota. Ano que vem vai poder participar qualquer menina que tenha até 16 anos.

Sei que pode parecer impossível, mas você devia dar um jeito de vir para a Exposição do Crato esse ano. Vai ter um grande show.

Vai ser a primeira vez que vão se reunir no palco Luiz Gonzaga, Patativa do Assaré, Padre Antônio Vieira e José Clementino.
Vai ser uma grande festa. Você não pode perder.
Adie esse seu casamento com Tadeu!
Venha mesmo para a exposição! Se você conhecer Martônio, você talvez nem queira mais casar com Tadeu.
Um grande abraço e um beijo de sua amiga-irmã.

Terminada a leitura da carta, Benigna ficou a olhar sua foto e a foto de Martônio com ar de curiosidade. De repente, Tadeu abriu a porta do quarto. Carta e fotos prontamente escorregaram para dentro do envelope.

Tadeu encarou-a. Tinha os olhos vermelhos de fúria:

— Um fóssil desapareceu do meu esconderijo. Foi você, não foi, sua ladrona?

— Que história é essa, Tadeu? Aparece aqui muito cedo pra me chamar de ladrona?

— Cadê o fóssil do negócio... Do pinto de macaco?

— E eu lá sei de diabo de nada!

— Ninguém mais conhecia o esconderijo, Benigna. Você traiu minha confiança. Eu ia levar hoje uns fósseis pra vender pra os gringos lá em Santana. Faz dias que eles me aperreiam pra eu ir lá levar essa peça, mas com essa história da morte de Dona Rosa, fui adiando. Eu ia pro Crato hoje vender umas cabra leiteira pra mode juntar um dinheiro pra comprar as coisas pra casar e aí aproveitava a viagem e passava lá no acampamento pra conversar com os gringos. Mas agora vou mais pra canto nenhum, não. E quero mais casar não. Vou lá casar com ladrona!

Tadeu saiu batendo a porta do quarto e disse para o reverendo e Cacilda que não iria ficar para o café. E que o noivado estava acabado.

Logan correu ao encontro do rapaz e pediu para que se acalmasse. Os dois foram ter uma conversa no terreiro, debaixo do pé de oiticica.

Tadeu contou a história por cima:

— Eu tenho umas peças, entocadas numa gruta, que eu vendo.

— Você nunca me falou dessas peças. Escondeu de seu pastor?

— Coisa sem importância, pastor. Pois bem, uma peça sumiu. Só pode ter sido Benigna que roubou. Só ela sabe onde é o esconderijo.

— Pode explicar melhor? Peça de carro? Peça de arte?

— Um fóssil. Um fóssil do negócio de macaco.

Logan fez uma expressão inquisitiva. Continuava sem entender.

— Dos possuído de um macaco — disse Tadeu, segurando com firmeza o volume frontal de suas calças.

— Ah, entendi. Um fóssil de pênis de macaco. Você não pode terminar noivado com Benigna só por suspeita. Suspeita não quer dizer verdade. Se pênis de macaco desapareceu foi vontade de Deus. Quem sabe *gaviao* ou macaco ou outro bicho do mato pegou fóssil? Se acalme. Crente salvo *nao* pode perder calma. Vá orar. Depois que acalmar, com *coraçao* tranquilo, entre pra tomar café com *pao* doce.

Cabisbaixo, Tadeu entrou na boleia da caminhonete abarrotada de cabras e baixou a cabeça em posição de oração.

Na cozinha, sucedia uma conversa tensa entre tia e sobrinha:

— Você vai me explicar esse negócio de rádio escondido no baú? — perguntou Cacilda, retirando as pilhas do radinho que Benigna ouvia com Dona Rosa.

— Eu explico se a senhora primeiro me disser onde escondeu meu Judas.

Logan entrou em casa e pegou a conversa no meio.

— Pra que você queria aquele Judas? — perguntou Cacilda, irritada.

— Era o Judas que padim Zé Pio escondeu no paiol, num saco de farinha.

— Eu me livrei dele.

— Tudo que é meu a senhora quer tirar de mim. A senhora não tinha direito de se livrar do Maricoto. Vovó consertou o boneco pra me dar. Era meu. Meu!

— Você queria o Judas pra ficar dançando e se esfregando, fazendo danação do cão, não era? — questionou Cacilda, aumentando o tom de voz.

— Podem me explicar? Hoje está todo mundo falando de coisa que eu *nao* sei. É fóssil, pênis de macaco, dança com Judas, Maricuto — comentou o pastor.

— Maricoto! — consertou Benigna.

Inesperadamente fora de controle, Cacilda empurrou a chaleira de ferro com força contra a parede, chega arrancou um pedaço do reboco:

— Pastor, Benigna não tem mais jeito! Eu tento, tento, mas ela só faz gritar comigo, só sabe me dar aborrecimento. E eu estou muito é cansada disso tudo.

O café quente esparramou pelo piso de tijolos, respingando nas pernas de Benigna, que soltou um grito de dor.

Massageando as canelas numa tentativa de aplacar a dor, Benigna pensou no que Lucivanda escreveu sobre sua tia e declarou:

— A senhora é uma doida varrida! Qualquer dia sai correndo por esse terreiro nua!

— Você me respeite, sua quenga, sua perdida! Ou eu quebro esse bule na sua cabeça.

— Quebre! É só isso mesmo que a senhora sabe fazer. Desde criança a senhora me maltrata, bate em mim. Por isso que eu não gosto da senhora. A senhora é uma bruxa, uma pessoa do mal, que não tem alegria, que acha bom espezinhar os outros. Era a senhora quem devia ter morrido. Não minha avó!

— Em nome de Jesus, Benigna, cale sua boca! — demandou Logan.

— Venha me calar, pastor. E olhe, não vou mais casar com Tadeu, não. E se vier me obrigar, conto pra todo mundo o que o senhor fez. E se a cobra me picar e eu morrer, não tem nada não. Minha vida já é uma desgraça mesmo!

— Ninguém vai mais lhe obrigar a nada, menina. Tadeu também *nao* quer mais casar com você, pois você é uma ladrona. Fique aí como você quiser, como bicho, possuída por *legiao* de demônios. Eu lavo minhas *maos*. Vamos, Cacilda. Vou lhe levar de volta pra Mocozal.

Cheia de ódio, Cacilda olhou para a sobrinha e afirmou:

— Eu tô só lhe avisando, Benigna: tô desistindo de você!

— Eu é quem desisto de você, tia Cacilda!

Fuga

Tadeu não perguntou o motivo do reverendo e Cacilda terem ido embora de repente. Apenas viu o café derramado e pediu a Benigna para passar outro.

Benigna pegou a chaleira de ferro e pôs água para ferver.

— Eu orei e me acalmei. O pastor deve de ter razão. Você ia lá pegar aquela pedra. Que serventia ia ter pra você? — disse Tadeu, sentando-se num tamborete.

Benigna sentiu pena do rapaz. Mas nem cogitou dizer que tinha sido ela, sim, que se apossara do fóssil.

— No dia que em que eu caí lá na boçoroca, você viu o fóssil e nem se interessou por ele. Era apenas uma pedra em forma dos possuído de um macaco. Pra que você iria querer um negócio daqueles, né?

Sentaram-se à mesa, tomaram café preto com pão doce e uma fatia de queijo de cabra. Depois comeram rapadura.

Observando aquele homem ensebado comendo um pedaço de rapadura, Benigna concluiu que sentia ternura por ele. Mas não amor. Nunca sentira amor de verdade por Tadeu! Foi tudo uma fantasia de criança. Cresceu pensando que ele era o homem da sua vida e criou uma imagem dele que não correspondia à realidade. Tia Mafalda tinha razão, quando disse que eles não pareciam apaixonados. Não eram. Por isso, não podia mesmo casar com ele. Não era só por ele ter virado crente salvo, não. Isso foi importante pra ela perceber que iria por um caminho de engodo. Mas não era o principal motivo. Ela não podia casar com ele, simplesmente porque não o amava. Não o admirava. Tadeu tinha virado um bronco. Uma pessoa muito sem graça. Não era mais o rapaz que tinha dançado a valsa com Lucivanda. Não tinham nada em comum, a não ser o fato de terem nascido no mesmo lugar. E Tadeu, também, não a amava. Estava apenas cumprindo uma ordem do pastor, ainda que não tivesse consciência disso. Mas era isso, sim, que ele estava fazendo: obedecendo cegamente àquele reverendo dos infernos. Ele iria perceber isso algum dia, mais cedo ou mais tarde, quando já estivesse preso a ela. Seria um casamento infeliz. E de infelicidade ela já estava cheia!

Estava completamente sozinha agora, e com muito medo do que vinha pela frente, mas não iria estragar o resto de sua vida ligada, por lei, a alguém que não daria certo com ela, que não era o certo pra ela.

Precisava dizer isso ao noivo, mas antes que abrisse a boca, Tadeu levantou-se de supetão e dirigiu-se à porta de saída, dizendo:

— Vou visitar os gringos no acampamento em Santana. Se eles não quiserem comprar nada, tem nada não. Eu vou estender a viagem até o Crato e vender umas cabras pra poder ajeitar as coisas pra gente casar.

Benigna ficou sem ação, na cozinha, vendo o rapaz sair da casa apressado e entrar na boleia da caminhonete.

Tadeu tentou dar a partida, o motor não pegou de primeira. Pisou no pedal do acelerador com força e o motor rugiu. As cabras então se enervaram e começaram a berrar. Tadeu desceu para acalmá-las, deixando o motor ligado.

Sem pensar duas vezes, Benigna pegou, no chão da sala, o couro de bode que o noivo dera de presente para Dona Rosa e escondeu-se detrás de uma das colunas do alpendre. Assim que Tadeu entrou de novo na boleia, saiu correndo, saltou na carroceria da picape e cobriu-se com o couro.

"É daqui pra mais adiante", pensou.

Tadeu ouviu as horas no rádio do carro. Sete e meia da manhã. Queria chegar à Santana antes das dez. De lá ainda iria ao Crato. Queria estar de volta a Mocozal antes do anoitecer, não gostava de dirigir à noite.

A picape percorreu a estrada poeirenta e perigosa que ligava Mocozal a Dilermândia em alta velocidade, aos solavancos. As cabras aos berros.

Normalmente zeloso e preocupado com o conforto dos seus animais, Tadeu parecia insensível ao berro desesperado na carroceria. Estava mesmo muito atrasado; elas que se aquietassem. Diabo de cabras trabalhosas; ia se desfazer de *tudim*! Precisava correr mais, sair daquela piçarra poeirenta e chegar logo a Dilermândia pra pegar a estrada de asfalto. Acelerou um pouco mais.

A rádio anunciou: sete e cinquenta e cinco.

Nesse exato momento, um jumento atravessou a estrada. Tadeu tentou desviar, perdeu o controle do veículo. A caminhonete tombou.

No capotamento, Tadeu foi cuspido para fora do veículo. Alguns animais também. Outros ficaram presos na carroceria.

Benigna ficou espremida entre duas cabras mortas, ainda coberta pelo couro.

* * *

— Está morto! Deve ter sido há uns dez minutos, no máximo — disse Jimmy, tirando encontrar o pulso de Tadeu.

Linda não deu importância ao que o parceiro disse; estava mais preocupada em encontrar, naquele saco de estopa, o que procurava.

— Não tem fóssil de pênis de hominídeo aqui. Só o de sempre: peixes, peixes, peixes — constatou, aborrecida.

Linda jogou o saco de estopa no solo e começou a reclamar. A viagem por aquele interior inóspito fora em vão. Horas sem fim, perdidas num lugar seco e miserável pra encontrar uma caminhonete tombada, um homem morto e um saco com fósseis de peixes!

Jimmy argumentou que se ele tivesse vindo um dia antes atrás de Tadeu, como havia planejado, tudo teria sido diferente. Mas ela tinha que insistir em vir junto. E ainda pediu para adiar a viagem porque estava com diarreia. Podia ter ficado no acampamento, cagando à vontade, e ele teria vindo sozinho. Uma hora dessas, os dois já poderiam estar embarcando para Nova Iorque, com o pênis do hominídeo em mãos.

Linda retrucou, dizendo que jamais ficaria no acampamento só, com aqueles trabalhadores tarados, enquanto ele fazia uma viagem pra se apossar de um fóssil valioso. E se ele resolvesse se mandar e a deixasse para trás? Ele sempre quis sair da obscuridade, sempre quis ser famoso como seu professor. Quem lhe garante que ele não ia querer aparecer sozinho para o mundo como o cara que "encontrou" no interior do Ceará o fóssil de um pênis do hominídeo mais antigo das Américas?

Jimmy fez uma cara de reprovação e se abaixou para pegar o saco de estopa.

Linda acendeu um cigarro e percebeu que alguém se mexia na carroceria. Pensou ser algum animal ainda vivo no meio dos que ficaram presos, mas logo viu a cabeça de uma moça aparecer entre os corpos de duas cabras mortas.

— Ei, minha senhora, me ajude aqui.

Linda tentou resgatar a moça. Jimmy veio em seu auxílio. Com um puxão, tirou Benigna do meio das cabras. Benigna não tinha ferimentos. Não tinha hematomas. Não tinha um arranhão sequer. Nada.

— Você está bem? — perguntou Jimmy, apreensivo.

— Tô só meio zonza. Eu fiquei no meio de duas cabras bem gordas. As coitadinhas me protegeram — respondeu Benigna.

— Você conhecia o motorista? — questionou Linda.

— É o Tadeu. Ele morreu não, né?

Jimmy e Linda se entreolharam. Linda asseverou:

— Morreu.

Benigna fechou os olhos e baixou a cabeça, consternada. Veio à sua mente a imagem de Tadeu, dançando a valsa com Lucivanda, penteado, banhado, feliz, completamente apaixonado. Uma paixão que nunca foi correspondida, coitado. "Que Deus leve você, Tadeu, pra um lugar bem bom", desejou em seus pensamentos.

— Eu não quero ver ele morto — disse Benigna.

Sem mais nem menos, as cabras sobreviventes começaram a berrar, histéricas, anunciando que um carro se aproximava: o Opala azul-celeste do reverendo.

— Pelo amor de Deus, por tudo que é mais sagrado, não digam pra esse homem que eu estou aqui — disse Benigna antes de se cobrir novamente com o couro de bode e se embrenhar na caatinga, com os animais sobreviventes.

Conterrâneos

Todo empertigado, Logan desceu do velho Opala com seu terno preto puído, aproximou-se do corpo de Tadeu estendido na estrada, fechou os olhos e orou por meio minuto. A seguir olhou a caminhonete tombada e apresentou-se a Jimmy e Linda como um humilde ministro do Senhor em missão divina por aquelas paragens. Era o reverendo da Congregação dos Crentes Salvos na vila de Mocozal e na sede do município, Dilermândia. Ali, tão longe do conforto de casa, travava uma luta diária contra os costumes bizarros e vicissitudes que Satanás havia incutido nas almas dos nativos, uma luta em que batalhas perdidas não iriam impedir um só vitorioso a se anunciar no fim: Deus Todo-Poderoso.

Ouvindo a insólita apresentação, Jimmy custou a acreditar que naquele ponto remoto e árido do interior cearense, dois paleontólogos texanos contrabandistas de fósseis estariam cara a cara com um pastor de uma seita fundamentalista de sotaque *hillbilly*, isso logo após terem encontrado, morto no meio da estrada, o homem que iria lhes fornecer um fóssil de pênis de hominídeo que poderia mudar suas vidas para sempre. Isso sem contar com a cabocla vestida em um couro de bode que tinha acabado de ser praticamente parida de dentro de duas cabras mortas. Definitivamente, havia algo de imponderável e bizarro acontecendo naquela manhã.

Com carregado tom de ironia, Jimmy disse que ele e Linda eram ministros da Ciência e estavam, ali, completamente perdidos numa missão mundana. Mundana, mas não no sentido pejorativo da palavra. Estavam ali com o objetivo de procurar expandir o conhecimento do homem sobre si mesmo e sobre seu lugar no mundo, quando de repente se perderam no caminho. A missão deles, no fim, teria um único vitorioso possível: o conhecimento científico. E não deu mais detalhes.

Disfarçando muito bem a gélida personalidade com trejeitos e voz suaves, Linda tratou de dissipar a tênue animosidade que se estabeleceu de imediato entre Logan e Jimmy, tentando adivinhar de que estado sulista seria o pastor. Acertou na segunda tentativa. Disse a seguir que os dois eram, em primeiro lugar, e antes de tudo, americanos. Isso os unia. Independente do que pensassem ou cressem, um e outro, estavam ali porque, cada um, em sua especialidade, tinha uma missão nobre em meio a um povo paupérrimo, bruto e, porque não dizer, inferior. Estavam ali para fazer a diferença. Eram superiores. Predestinados. E aquele encontro aleatório, tinha que ter um sentido especial, que eles ainda estavam por descobrir.

Jimmy achou bastante estranho o súbito comportamento apaziguador e diplomático de Linda, mas deixou-a continuar com o jogo.

Logan explicou que o homem morto, Tadeu, era um membro neófito de sua igreja. Tinha grandes planos para o rapaz: queria treiná-lo para ser seu substituto na congregação da vila, pois precisava seguir adiante com o plano de Deus: expandir a palavra e a lei do Senhor para outras localidades da região. Milhares de sertanejos dos Inhamuns precisavam urgentemente se converter, pois era chegada a hora de ficarem alertas, ante o retorno iminente e triunfal de Jesus.

Para surpresa de Jimmy, Linda falou que vinha de uma família adventista muito temente a Deus, e que apesar de não ser atualmente uma praticante assim tão fervorosa, cria profundamente que, na segunda vinda de Cristo, aqueles que estivessem vivendo segundo a vontade de Deus seriam arrebatados, levados vivos para o Céu. Por isso concordava com o pastor: aquele povo tinha mesmo que ser exortado a estar ciente do retorno do Salvador.

Logan sorriu. Gostou bastante do que ouviu. Tanto que passou a fazer contato visual apenas com Linda, ignorando completamente a presença de Jimmy.

Explicou à bela mulher que estava ali para cumprir um papel no plano glorioso de Deus. Sua missão era a mesma que foi dada a João Batista: exortar os infiéis e prepará-los para a volta triunfal do Messias, que iria acontecer ali mesmo, nas terras áridas dos Inhamuns.

Jimmy questionou, sem disfarçar o sarcasmo, se o acidente fatal com o pastor *trainee* seria parte desse plano glorioso.

Logan mirou o corpo de Tadeu estendido na estrada e respondeu, com certo desapontamento, que a morte súbita de Tadeu significava que não era vontade de Deus que ele fosse seu sucessor na igreja de Mocozal. Tadeu não era um ungido, como havia imaginado; era um falso convertido. Os que verdadeiramente creem não morrem assim, tolamente. E enfatizou que os fiéis de sua igreja desafiam a morte, resistindo inclusive ao veneno mortal das serpentes.

Jimmy percebeu que quem estava em sua frente não era simplesmente um pastor fanático, mas alguém que cometera a terrível imprudência de introduzir naquele sertão de povo crédulo e cheio de temores, uma seita com rituais primitivos, banidos há décadas no Sul dos Estados Unidos, por conta das inúmeras mortes que se sucederam em cultos e celebrações.

Um sujeito esquisito, possivelmente perigoso, que mexia com cobras venenosas. Pensou em argumentar sobre o risco do manuseio de serpentes, poderia comentar de um caso específico que ocorrera na Virgínia Ocidental e que fora manchete nos jornais, mas como não entendia de fé mesmo e nem gostava de nada que se referisse a religião, deixou o assunto pra lá.

Linda perguntou como o reverendo gostaria de proceder com o corpo do rapaz, prontificando-se a levá-lo para Mocozal. E quis saber o que iria ser feito com a caminhonete tombada e as cabras sobreviventes. Algumas tinham escapado, estavam ali por perto.

Logan disse que ela seria bem-vinda em Mocozal, mas não seu companheiro. Crentes, fossem eles salvos ou não salvos, eram bem-vindos na vila. Descrentes, desregrados, loucos, agnósticos, ateus e adoradores de ídolos, não. Tadeu era um crente salvo e ele era seu pastor, portanto era sua obrigação tomar conta do morto: ele mesmo iria retornar à vila com o cadáver. Quanto à questão da caminhonete, parecia em bom estado, sem maiores avarias. Iria mandar alguns membros da igreja virem buscá-la, junto com as cabras sobreviventes.

Linda aproximou-se do pastor, olhando em volta sorrateiramente.

Jimmy notou que a parceira estava prestes a revelar que haviam encontrado uma sobrevivente do acidente na carroceria da picape, entre as cabras mortas.

Antes que Linda abrisse a boca, pediu a chave do Opala ao pastor para colocar o corpo de Tadeu no porta-malas.

Enquanto Jimmy colocava o cadáver no porta-malas, o reverendo disse à Linda que o pobre Tadeu tinha morrido porque devia estar dirigindo cheio de desgosto com a grande decepção que teve mais cedo com Benigna, sua noiva, uma moça possuída por Satanás que gostava de ficar se exibindo em sua luxúria, se requebrando numa dança erótica e suja com um boneco de pano. Além de dançarina lasciva, Benigna era uma ladra; tinha roubado algo de valor que pertencia ao noivo.

Linda não teve tempo de perguntar do que se tratava; Jimmy interrompeu a conversa, devolvendo as chaves do carro ao pastor. Logan agradeceu e, enfim, disse que aquela estrada terminava em Mocozal, portanto, era o fim da linha para eles. Eles tinham que dar meia-volta e seguir para Dilermândia. De lá poderiam ir em direção ao sul, rumo ao Cariri, ou ir para o norte, no sentido do Sertão Central e Fortaleza.

Assim que o reverendo partiu levando o corpo de Tadeu para Mocozal, Benigna ressurgiu de dentro da caatinga, ainda coberta com o couro de bode. Só se desfez do couro quando o carro do pastor sumiu numa curva.

— Como é seu nome, menina? — perguntou Linda.

— Benigna.

— Pra onde você estava indo, escondida na carroceria no meio das cabras?

— Pro Crato... Eu estava indo pra qualquer lugar!

— Você gostaria de trabalhar fazendo serviço doméstico no nosso acampamento, *Benina*?

— Só se for agora! — respondeu Benigna, animada.

Jimmy olhou para Linda, estupefato.

Linda arrematou:

— Os nossos ajudantes vão adorar!

Empregada

Baião de dois com carne-de-sol: o primeiro almoço feito por Benigna no acampamento. Os trabalhadores — oito no total, outros três haviam sido demitidos depois de Martônio — elogiaram a comida da nova empregada.

— Aprendi com minha avó. Se vocês quiserem, amanhã faço farofa de cuscuz com cheiro-verde.

Os trabalhadores comiam no chão, no alpendre da casinha. Jimmy e Linda, numa mesinha de plástico na cozinha.

Linda triscou no baião e comeu dois pequenos nacos de carne. Desistiu da comida e descascou uma banana. Jimmy devorou o almoço.

— A menina sabe cozinhar bem — comentou.

— Eu realmente não me acostumo com essa comida rústica daqui.

— Ainda não consegui entender porque você quis trazer essa moça pra cá. Há tempos os trabalhadores pedem uma pessoa pra ajudar e você disse "não" várias vezes. Agora, sem mais nem menos, muda de opinião.

Linda acendeu um cigarro e balançou a cabeça, em tom de deboche:

— Não é à toa que você nunca se deu bem nessa vida, *dear*. Eu lhe dei 24 horas e você não conseguiu juntar as peças do quebra-cabeça. Que falta de brilhantismo intelectual! Essa menina é o elo que vai nos levar ao fóssil. Ela era noiva de Tadeu!

Roubou algo de valor que ele possuía: só pode ser o pênis do hominídeo!

— Benigna era noiva de Tadeu? E por que ela viajava na carroceria da picape coberta por um couro de bode?

— Não faço a menor ideia. Algum drama familiar qualquer. Mas isso não importa. O que importa é a gente ganhar a confiança dela. Arrancamos a verdade e *voilá*! *Hello, world!*

Jimmy se levantou e ficou rodando em círculos pela sala da casinha.

— Alguma coisa não está certa nessa história. Você nem mesmo acha que o fóssil é assim tão valioso. Você meio que desdenhou quando lhe mostrei a foto.

— Engano seu. Eu não desdenhei. Você me disse que o fóssil poderia ser de um hominídeo que foi extinto há centenas de milhares de anos. Eu apenas falei que, se a gente se basear nas evidências do que já foi achado até agora no continente, o fóssil deve ser bem mais novo... Qual é o grande problema da Paleontologia, Jimmy?

Jimmy pensou um pouco, mas não deu a resposta.

— O grande problema, pelo menos nessa questão do estudo dos primatas e dos hominídeos, é justamente a falta de registros fósseis. Esse fóssil é uma descoberta fantástica, Jimmy. Tenha o pênis cem ou duzentos mil anos. Se tiver uns noventa mil, pelo menos, já vai mudar substancialmente o paradigma da ancestralidade humana nas Américas, e por consequência, da ancestralidade humana no planeta! Nós vamos ficar famosos de qualquer maneira. A gente não vai ficar rico. Mas a fama que vamos ter abre essa possibilidade.

— E por que você não foi honesta comigo, logo quando a gente conversou sobre o fóssil? Por que não vibrou como eu vibrei?

— Honestidade nunca foi o meu forte. Perspicácia, sim! Você sabe disso. Eu sempre tive uma sagacidade, um *timing*, um tino pra perceber as coisas. Você, não. É muito sanguíneo, passional, age por impulso, mais como um *cowboy* que como um cientista. Se fôssemos dois canídeos, você seria um labrador.

— E você, uma hiena.

— Hienas não são canídeos, Jimmy... *Anyway*, eu sinto que estamos diante de uma grande descoberta. Agora, deixe que eu, que já estabeleci alguma relação de confiança com *Benina*, arranque dela a informação que a gente precisa.

— Tudo bem. Eu acho que você tem mais jeito com ela do que eu. Ela parece meio louquinha, meio atrasada, acho que não tem o juízo muito normal.

— *Totally*! Praticamente uma símia. Eu não disse a você que todos aqui nessa terra parecem mais com macacos que com gente?

Jimmy não concordou com a comparação, mas não argumentou. Preferiu mudar de assunto.

— Sim, e quanto aos trabalhadores, vamos demitir mais dois hoje, como você sugeriu?

— Mudei de ideia. Não iria pegar bem. *Benina* poderia se retrair, ficar com pena dos imbecis. Esse povo do sertão é muito sentimental, muito tolo, muito solidário. Vamos deixar esses idiotas aí mais uma semana ou duas, até a gente por a mão no pênis do hominídeo e aí a gente fecha o acampamento de vez.

***

Logo no segundo dia longe de Mocozal, um misto de paz e melancolia pairou sobre Benigna. Sentada ali, naquela pedra no alto de uma colina, de onde se tinha uma visão majestosa do por do sol na Chapada do Araripe, sentiu no coração que aquela era uma jornada sem volta. Um mundo completamente novo estava se descortinando, com mais liberdade e mais possibilidades de alegria.

Maravilhada, contemplou o verde esplendoroso iluminado pelos últimos raios de sol; destoava tanto do cinza decrépito da paisagem natal. Sentiu o vento de agradável temperatura passando por cima da pele, tão suave, tão diferente do vento áspero e poeirento de Mocozal. Sentiu um arrepio e um nó na garganta. Os olhos marejaram. Eram lágrimas de libertação e de alívio, uma sensação que nunca experimentara. Bateu uma saudade forte de Dona Rosa. Forte, mas não angustiante. Era uma saudade serena, branda, que lhe fazia bem.

Pensou no pai e compreendeu porque sua lembrança dele era fria e distante: nunca o perdoara por ele não ter conseguido superar a morte de sua mãe e viver por aí embriagado sem dar atenção a ela.

Pensou no padrinho Zé Pio, tocando sanfona, todo fanfarrão. O padrinho, sim, fora a figura paterna que Casimiro não tinha conseguido ser. Até mesmo escondeu um Judas no paiol do sítio para que não fosse queimado, com pena dela!

O Judas, que destino tia Cacilda teria dado ao boneco Maricoto?

Tia Cacilda, não mais sentia raiva de tia Cacilda. Tinha apenas um dó tremendo dela. Dó de tanto rancor, de tanta miséria guardada no peito, sem justificativa, sem explicação.

Os pensamentos de Benigna só não foram adiante porque se desconcentrou ao ver Jimmy fazendo xixi. Sem ser notada, finalmente viu o que nunca tinha visto:

— O negócio de um homem! Valha, nem é tão grande assim!

E caiu na gargalhada.

Traidora

Em plena três da tarde, lá estava Benigna no alto da colina. Jimmy a proibira de circular pela área de escavação para não atrapalhar a prospecção dos trabalhadores. Explicou que os fósseis poderiam facilmente passar despercebidos, serem pisoteados e destruídos. E não queria, também, a empregada zanzando pela tenda principal, pois podia derrubar algo de valor, sem querer, e causar um prejuízo descomunal.

Restava-lhe a colina, uma pequena elevação a uns cem metros da casinha, o ponto mais alto do acampamento. Depois que terminava seus afazeres, era para lá que ia. Procurava uma sombra. Às vezes tirava um cochilo, às vezes ficava absorta, contemplando a paisagem.

Uma tarde, enquanto chupava uma laranja no alpendre, Jimmy notou a menina lá em cima, sem ter nada pra fazer, olhando o tempo. Sentiu pena, mas resolveu não tomar nenhuma iniciativa, já que havia combinado deixar toda decisão em relação à empregada nas mãos da parceira.

Na tarde seguinte, ao passar da tenda para a casinha, viu Benigna com um radinho na mão, dançando animada, sozinha, lá no alto. Parou e ficou olhando aquela moça remexendo o quadril num ritmo alucinado, os longos cabelos a balançar, cheia de vitalidade, plena de satisfação. Num impulso, resolveu subir o morro.

Benigna viu Jimmy se aproximando e foi logo dizendo:

— Tem problema eu ficar aqui em cima não, né?

Jimmy balançou a cabeça, confirmando que ali ela podia ficar.

— E esse radinho? — perguntou.

— Foi Dra. Linda que me deu. Pra mode eu ouvir meus programas de forró.

— Posso ouvir com você?

— Ah, e o senhor gosta de forró? Taí, que eu não sabia! — disse Benigna, batendo uma sonora palma, bem entusiasmada. Começou a tocar "Prenda o Tadeu" e sua expressão murchou. Ficou séria. Seus olhos encherem-se d'água.

— Tadeu era mesmo seu noivo? — perguntou Jimmy, sentando-se a seu lado.

— Era. Mas eu não queria mais casar com ele, não. Não ia dar certo.

— E foi por isso que você estava disfarçada na carroceria.

— Foi.

Jimmy tentou acompanhar a letra, sem sucesso. Benigna achou engraçada a tentativa do gringo e abriu um sorriso.

Ouviram mais duas músicas e, surpreendentemente, Jimmy lhe fez um pedido:

— Você me ensina a dançar forró?

— Marminino! Só se for agora!

E assim, no alto de uma colina, num acampamento de contrabandistas de fósseis, Benigna dançou com um homem pela primeira vez em sua vida: uma dança completamente desajeitada, porque o gringo não levava o menor jeito pra coisa!

Na manhã seguinte, durante o café da manhã, Jimmy contou para os trabalhadores que arriscou uns passos de forró com Benigna no alto do morro.

— Ela dança muito bem!

Servindo o café, Benigna ficou sem graça com o elogio.

113

— Eu até pouco tempo dançava era com um cabo de vassoura, Dr. Jimmy. Depois é que comecei a dançar com o Maricoto.

— Maricoto? — perguntou Jimmy.

— Um boneco de pano. Assim, era um Judas que estava escondido no paiol lá do sítio e minha avó consertou pra dançar mais eu.

Os trabalhadores caíram na risada.

— Eita, Benigna, cheia de arrumação! — disse um dos trabalhadores, o mais velho do grupo.

— Aqui teve um rapaz, que trabalhou com a gente, que também dança forró muito bem — comentou Jimmy.

— Quem? — perguntou um dos trabalhadores.

— Ora quem? Quem haverá de ser? O Martônio! — afirmou outro.

— Falar nisso, cês tão sabendo que hoje tem festão na exposição do Crato?

— Ora se não. Show de Gonzagão! Se eu pudesse eu ia...

Depois do café, Jimmy chamou Benigna para ir com ele para a tenda. Queria lhe mostrar uma coisa.

— Mas o senhor disse que não me queria na tenda!

Jimmy fez um gesto com a mão, mandando ela segui-lo. Uma vez na tenda, tirou de um envelope a foto do fóssil do pênis do hominídeo e perguntou:

— Você sabe onde está esse fóssil?

— Sei sim!

— E onde está?

— Eu já disse pra Dra. Linda.

— Pois me diga também.

Jimmy aguardou a resposta por alguns instantes, indócil. Mas Benigna permaneceu calada.

Jimmy fechou os olhos de frustração, respirou fundo e saiu da tenda apressado. Benigna o acompanhou.

— Se o senhor vai atrás da Dra. Linda, não vai encontrar. Ela pegou o carro e saiu hoje bem cedinho.

— Traidora! — bradou Jimmy, furioso.

— Ela me deu o radinho de pilha. E me fez prometer que eu não ia dizer pro senhor o que eu disse pra ela. Mas eu quebro minha promessa se o senhor me levar pro Crato pra ver o show de Luiz Gonzaga.

Reencontro

Chegar ao Crato foi fácil. Difícil foi achar a casa de Lucivanda. Benigna tinha recebido muitas cartas da amiga, às vezes lia o endereço no envelope e repetia em voz alta. Mas agora, na hora que mais precisava, não se lembrava do endereço da amiga. Mesmerizada com a animação e o burburinho, com a quantidade de carros e de gente circulando pra lá e pra cá pelas ruas e praças — turistas que afluíram à cidade por conta da exposição agropecuária e, principalmente, para ver Luiz Gonzaga se apresentar logo mais à noite na Praça da Sé —, só conseguia lembrar que o nome da rua lhe era familiar. Fechava os olhos, fazendo esforço para se lembrar, enquanto Jimmy seguia dirigindo em marcha lenta, pacientemente, atrapalhando o tráfego.

— Eu acho melhor parar e perguntar — sugeriu Benigna.

— Perguntar o quê? A quem?

— Ora mais, perguntar onde mora Lucivanda!

— Assim, do nada? Ei, você, onde mora Lucivanda?

— Mas é claro que não, Dr. Jimmy! Eu não sou doida! Eu vou chegar e perguntar direitinho: onde é a casa de Maria Lucivanda?

— Ah, faz uma diferença enorme: Lucivanda e Maria Lucivanda! Qual o sobrenome? Essa moça tem um sobrenome?

— Silva.

— Silva! Tinha que ser Silva! — disse Jimmy, suspirando, tentando manter a calma.

— Pois pare nesse restaurante. Lucivanda trabalhou uns dias num restaurante, assim que se mudou para cá.

Jimmy concordou em parar. Justamente em frente ao Restaurante Guanabara, onde havia jantado quando esteve no Crato com Linda, na noite de apresentação das quadrilhas juninas.

Benigna saltou do carro e foi correndo falar com um senhor bem velhinho, que estava limpando uma mesa:

— O senhor sabe onde mora Maria Lucivanda? Maria Lucivanda Silva?

— Conheço ninguém com esse nome, não — respondeu o velho senhor.

— Ah! Já sei! O senhor conhece o Seu Xerez?

— Xerez? Xerez eu conheço.

— Pois se o senhor me disser onde é o restaurante onde o Seu Xerez trabalha, eu vou lá e pergunto...

Antes que Benigna terminasse de falar, alguém chamou o velho senhor na cozinha:

— Seu Xerez, o pedido do capote está pronto faz é tempo. Pare de caducar, homi, e venha pegar o diabo desse capote senão esfria.

Seu Xerez deu as costas pra Benigna e balbuciou, enquanto caminhava, meio trôpego, em direção à cozinha:

— Conheci uma moça de Dilermândia que o nome era parecido com esse aí, mas não era esse não, era outro.

— Dilermândia! É isso! Travessa Dilermândia, sem número! — lembrou Benigna, subitamente.

Eram dez e meia da manhã quando bateram à porta da casa de Lucivanda.

A bela moça de olhos cor de mel apareceu com os cabelos no bob e assoprando o esmalte das unhas, já nos preparativos para a festa de logo mais, e tomou um tremendo susto ao ver Benigna ali, acompanhada de um gringo. Há quatro longos anos não se viam.

— Eu não estou acreditando no que estou vendo!

— Pois acredite!

As duas caíram na gargalhada e se abraçaram efusivamente.

Seguiu-se um rosário de recordações, olhares ternos, perguntas, risos, mais olhares ternos, frivolidades, gracejos e afagos típicos de gente que se ama muito e há muito tempo não se encontra.

Jimmy finalmente interrompeu a prosa:

— Benigna, já passa de onze horas! Vocês já conversaram um pouco, podem conversar mais depois. Eu trouxe você até aqui. Agora, cumpra a sua parte do trato.

— Muito justo, Dr. Jimmy! Vou lhe dizer onde está esse troço que o senhor tanto quer.

Benigna estava prestes a revelar onde estava o fóssil do pênis do hominídeo, mas alguém bateu à porta.

Lucivanda foi atender. Era Martônio.

Surpreso ao ver Jimmy e Benigna ali, na casa da cunhada, o rapaz os cumprimentou formalmente:

— Dr. Jimmy! Seja bem-vindo. Que bom que veio ao Crato de novo, num dia tão especial.

— Gostei muito *do* quadrilha, Martônio. *Congratulations* — disse Jimmy, apertando a mão do rapaz.

— E você, Benigna, animada para o show do Gonzagão?

Benigna abriu um sorriso tímido e balançou a cabeça concordando. Não houve aperto de mão, não houve dois beijinhos no rosto. Apenas o balançar de cabeça de um e outro.

Martônio dirigiu-se a Lucivanda, entregando-lhe um envelope:

— Carta de Marciano, postada de São Paulo.

Ansiosa, Lucivanda rasgou o envelope e passou os olhos rapidamente pela missiva. Foi direto para o parágrafo que dizia: "*Eu estou gostando dela e vou ficar em São Paulo morando mais ela*".

— Marciano arranjou outra mulher em São Paulo! — exclamou.

Benigna arregalou os olhos e correu de pronto para abraçar a amiga. As duas ficaram abraçadas, sem dizer palavra. Lucivanda desabou no choro.

— Como é que ele foi fazer um negócio desse comigo? — perguntou.

Benigna acarinhou a amiga, sem saber direito o que dizer para confortá-la:

— Que desgraça! Que desgraça!

— E eu aqui feito uma abestada, levando chifre.

— Pois é, mulher, de um chifre ninguém gosta. Eu tô aqui morrendo de pena. Que desgraça!

Lucivanda chorou em seu peito como criança. Copiosamente. Jimmy ficou observando o abraço das duas, ligeiramente tocado. Os olhos de Martônio encheram-se de lágrimas.

— Dr. Jimmy, pegue ali um copo d'água pra Lucivanda. Um, não; traga logo dois — pediu Benigna.

Lucivanda tomou dois goles d'água. Benigna bebeu tudo de um gole só.

Mais calma, Lucivanda sentou-se no sofá. Benigna aconchegou-se a seu lado.

Martônio ponderou:

— Meu irmão fez a maior besteira do mundo.

— Fez mesmo — concordou Benigna.

— Ele vai se arrepender de ter trocado uma esposa bonita e boa como você, Lu, por uma aventura sem futuro.

— Bonita, não! Lucivanda é linda! Olhe, Dr. Jimmy, ela não é linda? — argumentou Benigna.

Antes que Jimmy pudesse comentar, Martônio continuou:

— Fui eu que pedi pra ele lhe escrever.

— Então você já sabia e não me disse? — questionou Lucivanda, meio exaltada.

— Ele quem tinha de lhe dizer, Lu. Eu não podia me meter nessa história. Não me senti bem escondendo isso de você, mas isso era uma coisa que tinha que partir dele.

— É esse o cunhado que você diz que é legal, Lucivanda? — perguntou Benigna, olhando para Martônio com ares de censura.

O olhar de Lucivanda não era de censura. Era de decepção:

— Naquela noite lá no Guanabara, perguntei se você sabia de alguma coisa e você disse que não sabia de nada. Mentiu pra mim.

— Sendo irmão de quem é só podia ser um mentiroso também — arrematou Benigna.

Martônio baixou levemente a cabeça, desolado.

— Eu realmente achei melhor não lhe dizer, Lucivanda. Não foi por lealdade ao meu irmão, porque quem fez o que ele fez não merece lealdade. Honestamente, eu achei que o correto seria que a verdade partisse dele, não de mim. Eu fiz o que achava que era o certo: quando soube que ele estava com essa mulher, pedi pra ele lhe mandar uma carta contando toda a verdade. Insisti. Disse que ele tinha que agir como homem, já que é homem. Mas agora, vendo você aí, chateada, com raiva de mim, acho que fiz mesmo tudo errado. Então me perdoe, se você puder. Eu vim só deixar a carta e não vou mais...

Martônio fez menção de partir.

Lucivanda pediu para o cunhado ficar. Disse que estava nervosa e muito abalada com a carta, mas que, no fundo, já sabia que tinha coisa de mulher no meio. Faltava apenas essa confirmação. E ela acreditava, sim, que ele tinha agido com a melhor das intenções.

Martônio pediu desculpas mais uma vez e deu um abraço carinhoso na cunhada. Disse que ela era nova, ia refazer a vida com um cara que a merecesse, e pediu para que a amizade dos dois não se acabasse por ela ter sido deixada por seu irmão. Lucivanda enxugou a última lágrima e concordou.

— Tudo bem, então! Se minha amiga tá de bem com você, eu também tô. Mas prometa que nunca mais vai mentir pra ela — disse Benigna, estendendo a mão para Martônio.

— Está prometido!

Martônio apertou a mão de Benigna e disse sorrindo:

— Então vamos começar do zero: muito prazer, eu sou o Martônio.

— Promessa é dívida, hein? Muito prazer, meu nome é Benigna.

Com a paciência esgotada, Jimmy interferiu:

— OK, pessoal! *Time's up!* Sei que vocês têm os dramas familiares de vocês pra resolverem, e têm as conversas de vocês pra por em dia. Eu dou maior apoio, acho tudo muito bonito, muito legal, mas temos uma questão de ordem pra resolver: eu preciso saber, agora, onde está o fóssil.

Olhando fixo nos olhos de Benigna, perguntou:

— Benigna, onde é que está esse fóssil, pelo amor de Deus?

Martônio franziu a testa, intrigado:

— Fóssil?

— O fóssil do pênis de um hominídeo que só ela sabe onde se encontra — respondeu Jimmy.

— Benigna, não diga nada! Jimmy é um contrabandista internacional e quer vender o fóssil por muito dinheiro no mercado negro. Ele só quer lucrar com isso.

Revelação

A "Congregação dos Crentes Salvos do Brasil" de Dilermândia era bem menos acanhada que a de Mocozal: um prédio antigo, de esquina, que antes abrigou uma padaria. Na calçada em frente à igreja, Mafalda Coité, do alto dos seus cinquenta e tantos anos, vividos grande parte em função de conhecer os segredos da vida alheia, de teimar e fazer intriga, e de arrumar encrenca se metendo onde não era chamada, já se sentia no direito de cobrar do reverendo o posto de diaconisa, embora fosse apenas uma recém-convertida.

— Eu sou mais preparada que a mocoronga dessa diaconisa daqui, reverendo! Ela é muito molenga. E além do mais é balofa. E fedorenta! Não tem quem aguente aquele cabelo dela fedendo a óleo de coco.

— Como vou demitir Gertrudes, Dona Mafalda? Abandonada pelo marido, pelos filhos, *nao* tem o que fazer, a *nao* ser cuidar de igreja. Conhece Bíblia... E você já se *ocupar* de costuras.

— Bíblia por Bíblia conheço mais que ela... Pois tá certo. Pois me ponha no lugar de Cacilda, então! Eu me mudo pra Mocozal e vou ser a diaconisa da igreja de lá. Eu conheço mais a Bíblia que Cacilda, sou mais inteligente, mais esperta, mais organizada, falo melhor, me dou melhor com o povo, o povo gosta de mim, o povo me conta tudo...

O reverendo pensou um pouco e respondeu:

— Você quer ser pastora em Mocozal, Dona Mafalda?

— Pastora?

— Tadeu está morto e preciso treinar novo pastor pra igreja de Mocozal.

— Pois taí! Eu quero! Olhe que eu como pastora não tem Satanás que aperreie!

Nesse momento, o estrondoso ruído de um trovão fez-se ouvir por todo o sertão dos Inhamuns.

— Vem chuva forte por aí — comentou Logan, olhando para o céu.

— Chuva nessa época do ano em Dilermândia? Aqui nos Inhamuns não chove nem quando tem que chover, quanto mais em julho, pastor.

— Sinal dos tempos, Dona Mafalda. Sinal dos tempos. Aleluia!

Ficaram os dois observando o céu nublado, sem perceber que um carro se aproximava.

O carro parou diante dos dois.

— Reverendo Logan! — disse a moça de beleza estonteante, de dentro do veículo.

— Ms. Trevino!

— Reverendo, quero me converter.

Ouviu-se a pancada longínqua de um novo trovão.

— Valha, vai chover mesmo. Aqui e lá pra banda de Mocozal — disse Mafalda, incrédula, levando a mão à boca.

— Vá pra casa, Dona Mafalda, a senhora anda devagar, vá embora antes que a chuva caia.

— Não, vou ficar pra ouvir a conversa de vocês. Tem nada não se eu me molhar, sou nem de açúcar!

— Quero conversar a sós com Ms. Trevino, Dona Mafalda. E a senhora, com esse corpo, se escorregar em calçada molhada, *nao* tem quem levante. Vá pra casa!

— Ora, reverendo, eu como pastora, tenho direito de saber de tudo!

Logan olhou fundo nos olhos da costureira metida. Um olhar incisivo, assertivo, quase hipnótico. Mafalda baixou a cabeça e saiu desconfiada, como um cão privado da companhia do dono. Astuta, Linda disse a Logan que ficou muito pensativa depois daquele fatídico e improvável encontro no meio da estrada. Ficou tentando entender o sentido daquela coincidência, quando teve uma súbita revelação: tinha que abandonar a vida de pecado que levava com Jimmy e retornar para a graça de Deus. Se ele era um novo João Batista, ela estava ali, para ser uma nova Maria Madalena!

— Glória a Deus! Glória a Deus! — disse Logan, levantando as duas mãos para o céu.

Logan fechou os olhos e orou em voz alta, extasiado:

— Obrigado, Senhor, por enviar uma parceira para essa minha grande missão!

— Amém! Aleluia! — confirmou Linda.

* * *

Sentados no sofá da sala, Benigna, Martônio e Lucivanda ouviram a explicação de Jimmy:

— Meus amigos, eu não sou contrabandista. Ou melhor... Eu não acho que sou contrabandista. Sim, eu quero vender o fóssil. Mas quero vender pra alguém que tem mais conhecimento e mais estrutura do que eu para analisar, estudar, descobrir coisas sobre ele. Algum estudioso, que vai usar o fóssil para poder entender mais sobre a vida na Terra há centenas de milhares de anos. Enfim, eu estou, a meu modo, fazendo um bem para a humanidade.

Sem se convencer, Martônio contra-argumentou:

— O fóssil poderia ser estudado aqui mesmo no sertão. Que importa se a universidade daqui não tem a estrutura que as do exterior têm? Os pesquisadores poderiam vir pra cá. As pessoas daqui iriam se interessar pelo assunto. Alguns podiam querer estudar Paleontologia, quem sabe até fazer faculdade na área. Seria uma boa oportunidade do pessoal aqui do Cariri adquirir conhecimento, se desenvolver.

— Martônio, você é um rapaz inteligente, idealista. Eu também já fui assim. Mas veja: você acha realmente que alguma pessoa aqui do Cariri vai melhorar de vida se estudar Paleontologia? Um paleontólogo demora anos pra obter algum sucesso, para encontrar uma pequena resposta sobre alguma coisa. É uma profissão ingrata. E não paga bem. A não ser que você tenha a sorte de trabalhar em prospecção de petróleo, por exemplo, ou se for dar consultoria em órgão do governo. Aí sim, pode ganhar um bom dinheiro. Mas a maioria de nós trabalha na área acadêmica. Começa e termina a vida pobre. Eu, no dia em que fiz trinta anos, decidi que não ia terminar minha vida pobre.

— Você vem falar de pobreza pra gente? Olhe a nossa situação!

— Eu sei! É muito ruim. Mas o fato de eu ter tido mais oportunidades que vocês nessa vida, por uma questão geográfica, não é culpa minha. E nem me faz uma pessoa ruim.

— Não estou lhe dizendo que o senhor é ruim. Mas é ganancioso. O que no final dá no mesmo, pois gente gananciosa acaba fazendo mal pra os outros. Ser ou não ser ganancioso não tem nada a ver com onde a pessoa nasceu. Tem a ver com o que a pessoa tem dentro dela.

— Martônio, se eu não me apossar do pênis, Linda vai, porque Benigna já contou pra ela onde o fóssil está.

— Que ela se aposse e venda, então! Você e Linda são iguais, estão apenas querendo se dar bem. Que diferença faz se vai ser você ou ela a pessoa que vai traficar o fóssil pra fora do país? Que me importa se o crédito da descoberta e se o lucro vai ser seu ou de Linda? — questionou Martônio.

Inquieta com o tom carregado da conversa, Benigna interveio, falando mais alto que os dois:

— Tá bom de tanto lero-lero que eu já estou desimpaciente. Eu vou revelar onde está o diabo desse negócio de macaco.

— Mas Benigna, depois do que Martônio falou? — advertiu Lucivanda.

— Vou, sabe por que, Lucivanda? Porque eu tenho um trato com Dr. Jimmy. Eu prometi que contava se ele me trouxesse pro Crato. E ele me trouxe. Então agora eu tenho que cumprir minha parte do trato. Porque eu não gosto de engodo!

— Muito bem, Benigna! — exclamou Jimmy.

Benigna assumiu uma postura quase solene e revelou:

— O tal do pênis está costurado por dentro do Maricoto. Só não me pergunte o porquê, que eu não vou contar.

— Maricoto?

— Sim, Dr. Jimmy! Um boneco de Judas que minha avó encontrou lá no paiol do sítio e consertou pra mim, pra mode eu dançar mais ele. Tia Cacilda arrancou Maricoto de mim e escondeu não sei onde. Fez essa ruindade porque não queria que eu dançasse mais ele, porque é uma crente salva e não quer que ninguém se divirta. Agora só basta o senhor convencer tia Cacilda a lhe dar o boneco Maricoto. Aí o fóssil é seu.

Jimmy fez uma cara de desespero e implorou:

— Por favor, Benigna, vamos comigo até Mocozal. Só você pode convencer sua tia a lhe dar o boneco de volta.

— Isso não faz parte do nosso trato, Dr. Jimmy. O trato era eu lhe contar onde estava o fóssil. Eu já contei. Por que o senhor não vai sozinho pra Mocozal? Dra. Linda foi...

Lucivanda interferiu e aconselhou Benigna a não voltar para a vila. Iria perder a oportunidade de ir para o show de Luiz Gonzaga, algo que ela sempre quis desde criança. E além do mais, se voltasse pra Mocozal, iria ter de enfrentar a fúria do reverendo e de Cacilda.

Benigna ficou pensativa. Lembrou-se das conversas que teve com Dona Rosa: do show de Luiz Gonzaga em cinquenta e três, com a avó prestes a dar à luz Cacilda e Casimiro; do show de setenta e quatro, visto por toda a família, mas do qual não tinha recordação porque era ainda criança de colo; das inúmeras tardes ouvindo músicas de Gonzagão na Rádio Araripe, junto com a avó, dançando com um cabo de vassoura. Por fim, lembrou-se da sua própria vontade de dançar com um rapaz num show de Gonzagão, como fizeram seus pais e seus avós.

— Eu não vou, Dr. Jimmy. Eu vou ficar no Crato.

Jimmy virou-se para Martônio. Com o semblante humilde, tom de voz grave, bem suave, fez um último apelo:

— Martônio, eu preciso que você entenda o que está em jogo, pra que você me ajude a convencer, tanto sua cunhada, quanto Benigna, de que preciso de ajuda pra pegar esse fóssil. Sem a ajuda de Benigna, eu não tenho a menor possibilidade de convencer a tia dela. A gente pode estar diante de uma descoberta extraordinária. Eu lhe prometo: se a gente conseguir pegar o fóssil, eu não vou levá-lo para fora do Brasil. Vai ser levado pra uma universidade daqui mesmo.

Finalmente convencido de que a proposta de Jimmy era legítima, Martônio olhou para Benigna, com o intuito de persuadi-la. Mas Benigna tinha fechado os olhos e estava com o pensamento elevado, consultando seu coração. Ao abri-los, dirigiu-se a Jimmy:

— Dr. Jimmy, eu não entendo nada desse negócio que o senhor explicou. Minha tia e o pastor sempre disseram que eu sou meio atrasada. Mas eu acho que o que o senhor falou deve ser muito importante mesmo. Vamos fazer outro trato: eu levo o senhor e Martônio até tia Cacilda. E eu vou fazer tudo para ela me dar o boneco de volta. Mas você tem que me prometer que não vai me deixar em Mocozal e que vai trazer a gente de volta pro Crato, hoje, pra mode a gente ver o show de Luiz Gonzaga.

Pastora

Como acontecia dia sim, dia não, cinco em ponto começou o culto em Mocozal. Amontoados no exíguo espaço da igreja, noventa e poucos crentes salvos — não havia assentos suficientes para todos, os mais novos ficaram em pé — iniciaram a reunião com cânticos de louvor, acompanhados por muitas palmas, gritos de aleluia e manifestações espontâneas de glossolalia. Incentivados pelo reverendo, repetiam, no que criam ser uma língua desconhecida, por inspiração divina, expressões como "chêbere" e "abrarrabra bereber abrarrabra".

Os minutos iniciais do culto eram propícios para uma catarse coletiva; deixavam a plateia em estado de pleno enlevo, quase em transe, pronta para receber os ensinamentos do pastor.

Terminado o louvor inicial, Logan chamou Linda à frente:

— *Irmaos*, pastora Linda veio de cidade americana chamada Houston, Texas, para obra de *evangelizacao* de Inhamuns. Linda tem excelente *formacao* bíblica, família tradicional adventista, *denominacao* cristã muito respeitada. Muito bonita. Palmas para pastora Linda!

As palmas confundiram-se com o barulho repentino da chuva torrencial batendo no telhado. A chuva inesperada trouxe espanto e muito regozijo. Energizados, em êxtase, os crentes gritavam: "viva a chuva!", "lábara, lábara, lábara!", "inunda, Senhor, inunda!", "lava, lava, lava!", "chorofó, chorofó, cho-cho-chorofó!", "banha esse chão, banha!"...

A chuva abrandou e os crentes se acalmaram. Logan iniciou o sermão falando das críticas que alguns cristãos faziam aos cultos de manuseio de serpentes, como se fossem uma coisa primitiva, de gente ignorante, do meio rural. Argumentou que no Tennessee, na Virginia Ocidental e em todos os Estados Unidos da América, havia ritos como os deles. Ritos que eram abençoados, previstos na Palavra de Deus. Apenas estavam cumprindo o que pregava a Palavra de Deus. E cumprir o que há na Palavra é essencial para que Deus traga abundância. Por isso que a chuva tinha chegado. Era porque os crentes salvos estavam crescendo em número e fé. Abundância, fartura e riqueza: era o que o Senhor estava trazendo para aquela região. Mas tinham que continuar firmes, vivendo segundo a Palavra de Deus. E na Palavra estava escrito, no Evangelho de Marcos: "E estes sinais seguirão aos que crerem: Em meu nome expulsarão os demônios; falarão novas línguas; pegarão em serpentes; e, se beberem alguma coisa mortífera, não lhes fará dano algum; e porão as mãos sobre os enfermos, e os curarão".

Depois de novos gritos de louvor, Cacilda tirou uma serpente de dentro da caixa de couro branco, fechou os olhos e começou a se exibir de maneira extravagante, como se estivesse desafiando Linda com a cobra. Fazia caras e bocas e mexia os ombros, num ritmo inusitado, beirando o erótico. "Essa rapariga veio tomar o meu lugar", pensava. "Mas eu acabo com a vida dessa quenga".

Quanto mais Cacilda se movimentava sensualmente com a cobra, mais o público aplaudia. Linda fingia fervor e arrebatamento, se tremendo, revirando os olhos, levantando os braços e orando em línguas.

O reverendo notou o comportamento estranho da diaconisa, mas esperou ela terminar seu show. "Cacilda está com ciúme", pensou.

A tempestade cessou repentinamente e o pastor aproveitou para encerrar o culto, mandando todos ir para casa correndo, antes que a chuva voltasse. Ficaram na igreja somente ele, Cacilda e Linda.

Logan precisava de Cacilda satisfeita e sob controle — ela tinha que aceitar Linda na Congregação:

— Cacilda, leve Linda pra sua casa. Prepare sopa pra Linda. Sopa boa. Conversem muito. Façam amizade. Eu vou deitar um pouco, vou jantar mais tarde. Leve caixa das cobras pra casa.

* * *

Jimmy, Benigna e Martônio haviam saído do Crato pouco depois do meio-dia. A cerca de sessenta quilômetros de Dilermândia, um caminhão tombado no meio da estrada impediu que continuassem viagem. Quando a estrada foi finalmente desbloqueada começou a chover forte. A estrada virou um atoleiro. Um trajeto que era pra ter sido feito em duas horas e meia, já levava mais de cinco horas.

Benigna fazia as contas:

— Se a gente chegar em Mocozal às seis, falar com tia Cacilda, pegar o fóssil, sair de Mocozal às sete, a gente vai chegar no Crato umas dez?

— Não vai dar pra gente estar de volta no Crato às dez por conta desse atoleiro. Talvez onze, onze e pouco — disse Jimmy.

— Que horas começa o show, Martônio? — perguntou Benigna.

— Está marcado para as oito. Mas nunca começa na hora. Talvez comece lá pelas nove.

— Puxa vida, não vai dar tempo. Vamos perder o show de Luiz Gonzaga... Acho que é o último show que ele vai fazer por essas bandas. Sim, porque o pobre tá velhinho, já.

— Vamos perder sim, Benigna — disse Martônio, resignado.

— Martônio, me desculpe por ter pedido pra você vir com a gente. Se você tivesse ficado no Crato, uma hora dessas você já tava era banhado, se arrumando pra festa. Se pelo menos essa chuva parasse de vez pra gente chegar logo em Mocozal... Mas a chuva não parou. Pelo contrário. Quando já dava para se avistar as luzes do lugarejo, voltou, mais torrencial que antes.

***

Cacilda e Linda atravessaram a pracinha correndo no meio da chuva. Entraram em casa completamente encharcadas. Cacilda foi ao quarto, deixou a caixa de couro branco em cima da cama e trouxe uma toalha para Linda.

Enquanto enxugava os cabelos, Linda notou que havia um carro estacionado defronte a casa, debaixo de um pé de algaroba: a caminhonete de Tadeu.

Assim que se sentiu enxuta o suficiente, Linda foi direto ao ponto:

— Eu tenho uma pergunta pra lhe fazer.

Cacilda fez ouvidos moucos e foi para a cozinha.

— O culto foi bom. Você não manuseia as cobras? Eu faço porque sou ungida.

— Foi bom... Onde está o boneco Maricoto? Você está com ele?

Cacilda sorriu, fingindo que não tinha ouvido, acendeu o fogo e colocou a sopa para esquentar.

— É sopa de feijão. Você gosta de sopa de feijão?

— Como qualquer coisa... Responda minha pergunta.

— Sabe, a igreja mudou muito a minha vida, pastora. Eu vivia aqui num sofrimento sem fim. Sozinha. Meu marido morreu na lua de mel. O nome dele era Zé Pio. Morreu do coração... Ele não era crente. Na minha família só eu virei crente salva. Meu irmão Casimiro — eu sou gêmea dele —, ele também

132

tentou se converter. Mas não era ungido, foi mexer com cobra e morreu. Você é ungida?

— Ungida, predestinada, determinada. E impaciente. Diga, Cacilda, cadê o boneco?

— Sente aí, pastora! Deixe de desimpaciência. Vamos conversar, o pastor pediu.

Linda bufou e revirou os olhos. Mas puxou uma cadeira e sentou-se à mesa.

— Diga...

— Esse boneco que a senhora procura era um Judas que ficou escondido muito tempo no paiol do sítio onde minha mãe morava. É aqui perto, na estrada mesmo. Foi Zé Pio que escondeu no paiol, com pena de minha sobrinha. Benigna era o nome dela. Eu que criei minha sobrinha. Porque a mãe dela, Gracinha, morreu quando ela tinha seis anos. Morreu de uma dor de cabeça. Meu irmão antes bebia, mas não era muito. Mas aí, quando Gracinha morreu, passou a viver melado de cachaça pelos cantos. E o povo com pena dele. De mim, ninguém teve pena quando eu fiquei viúva. Dele, todo mundo teve pena. Todo mundo em Mocozal sempre gostou mais de Casimiro do que de mim. Desde que a gente nasceu, Casimiro foi sempre os querer de papai e mamãe. Eu, o povo nunca nem reparou em mim. O que Casimiro fazia, todo mundo achava bonito. O que eu fazia, ninguém nem notava. Ele andava a cavalo, o povo batia palma. Eu ia pegar o cavalo pra andar, diziam que o cavalo tava cansado. Tivesse dois pedaço de carne, o maior era dele. Tivesse um, eu comia ovo. Aí, no fim, ainda tive que criar a filha dele porque ele mesmo nem se importava mais com a menina, nem com nada nessa vida. Criei essa minha sobrinha, nem valeu a pena. Só me deu muito trabalho e desgosto. Desde criança, nunca me obedeceu. Nunca quis saber de estudo. Nunca me deu um beijo, a medonha da menina. Nem pra se despedir de mim. Foi embora. Eu acho que escapuliu na caminhonete do noivo dela. A caminhonete foi encontrada tombada na estrada. Mas o corpo de Tadeu não foi encontrado.

— Não foi encontrado? — perguntou Linda, surpresa.

— Nem o dele, nem o dela. Dizem que os cachorros do mato pegaram. Ou foi onça...

Linda levantou-se de repente.

— Cacilda, eu preciso ir.

Linda retornou para a igreja no meio do aguaceiro e bateu à porta insistentemente.

Surpreso ao vê-la de volta, Logan deixou a mulher entrar e perguntou:

— Quer pegar pneumonia atravessando rua pra lá e pra cá no meio da chuva?

— Reverendo, o que o senhor fez com o corpo de Tadeu?

— Pastora, o que você está insinuando?

— Nada, reverendo. Mas o senhor disse que ia trazer o corpo de Tadeu pra cá. Eu vi, nós vimos o corpo de Tadeu ser colocado no porta-malas do seu carro. Cacilda disse que o corpo de Tadeu não foi encontrado.

Logan ficou tenso, acuado, tentando encontrar uma explicação plausível.

— O que o senhor fez com o corpo? — insistiu Linda, agora de maneira incisiva.

— *Ms.* Trevino, a senhora quer mesmo se converter? *Entao* tem que confiar em pastor. Tem que respeitar; tem que ser submissa a pastor.

— O senhor pode ter autoridade com as pessoas estúpidas e analfabetas de Mocozal, mas não comigo, pastor. Eu sou americana, esqueceu? Jesus não mandou a gente manusear serpentes para provar nossa fé. Isso é coisa de gente ignorante.

Nervoso, o reverendo perguntou:

— Em nome de Jesus: por que você apareceu hoje cedo lá em Dilermândia dizendo que queria se converter e insistiu tanto pra que eu lhe trouxesse pra Mocozal? O que você quer, afinal?

— Eu quero que você convença Cacilda a me dizer onde está o boneco de Benigna.

— Eu *nao* sei pra que você quer boneco. Mas se você veio pra Mocozal só por isso eu vou lhe ajudar com Cacilda. Depois você some da vila e *nao* volta nunca mais.

— Com o maior prazer. Eu acabei de chegar nesse lugar, mas já odeio tudo isso aqui.

Buraco

Linda e Logan atravessaram a rua no meio da chuva torrencial e entraram na casa de Cacilda. Ela não estava lá.

— Mas saiu no meio da chuva? — questionou Logan.

— Saiu na caminhonete de Tadeu.

— Muito estranho. Nunca vi Cacilda dirigindo. Caminhonete de Tadeu fica aí em frente para uso da igreja.

— Essa mulher é completamente doida, reverendo. Vamos procurar esse boneco logo, enquanto ela não volta.

Os dois fizeram uma varredura na casa.

— O que você quer com boneco de pano, Ms. Trevino? Posso saber?

— Com o boneco, nada. Eu quero um fóssil que está costurado por dentro do boneco.

— E pra quê? Isso vale alguma coisa?

— Esse fóssil vale muito dinheiro, pastor. É meu passaporte pra fora desse buraco.

Logan parou e ficou pensativo por alguns segundos: talvez tivesse chegado a hora de ele mesmo sair daquele buraco.

— A gente está procurando o boneco, mas ela pode ter retirado fóssil de dentro e guardado noutro lugar!

— E por que ela faria isso?

— Você mesma disse: Cacilda é doida!

— Faz sentido — concordou Linda.

— Pegue aquela caixa de couro marrom em cima do guarda-roupa. Pode estar dentro de caixa.

Sem titubear, Linda tirou a caixa de cima do guarda-roupa, colocou em cima da cama de Cacilda e abriu a tampa abruptamente.

Foi picada na face, no pescoço e nos seios por três cobras-corais!

***

Benigna, Jimmy e Martônio finalmente chegaram à casa de Cacilda. Não havia ninguém.

Jimmy sentiu o perfume forte de Linda no quarto.

— Linda esteve aqui. E não faz muito tempo.

Martônio viu a caixa de couro marrom e a caixa de couro branco em cima da cama. Fez menção de abrir a de couro branco.

— Não faça isso! É a caixa que o pastor carrega as cobras do culto — alertou Benigna.

Martônio abriu a tampa da caixa devagar, com bastante cuidado.

— Essas aí são falsas-corais!

— Falsas-corais? — perguntou Jimmy.

— Não têm veneno. São praticamente idênticas às corais verdadeiras. É bem difícil distinguir uma falsa de uma verdadeira. Eu sei disso porque, já lhe disse, sou muito fuçador.

Martônio abriu a caixa de couro marrom com cuidado redobrado.

— Essas, sim, são verdadeiras! — apontou Martônio.

— Então tem cobra venenosa e cobra que não tem veneno? — perguntou Benigna, intrigada.

— Tem. Uma picada de cobra que não tem veneno dói, é claro. Mas não acontece nada. É como você se furar com uma agulha — explicou Martônio.

— Essa caixa marrom ele leva pra o culto, mas só às vezes. A branca leva sempre...

— Talvez ele leve pra o caso de alguém desconfiar do truque aí ele mostra a cobra verdadeira.

— Então o reverendo sempre teve foi de engodo! E a pobre de tia Cacilda sendo feito de besta esse tempo todim! — concluiu Benigna.

— A con man. Logan é apenas um vigarista! E eu percebi isso quando a gente se encontrou na estrada — comentou Jimmy.

— Dr. Jimmy, passou um carro por nós agorinha perto lá do sítio de vovó. Eu podia jurar que era tia Cacilda dirigindo a caminhonete de Tadeu, mas achei tão absurdo que nem disse nada. Se tia Cacilda não está aqui em casa, então era ela mesma. Só que não sei como, nunca vi tia Cacilda dirigindo!

Os três correram para o carro. A chuva finalmente deu uma trégua. Em pouco tempo Benigna, Jimmy e Martônio chegaram ao sítio de Dona Rosa. Foram ao quarto que era da falecida. Cacilda estava lá, sentada na cama, de camisola, com a mesma expressão amarga de sempre.

Jimmy e Martônio deixaram tia e sobrinha a sós.

— Onde foi que a senhora escondeu meu boneco?

— O que é que você quer tanto com esse Judas?

— Não interessa. Cadê o Maricoto, tia Cacilda?

— Você não vai me dizer, mas eu já sei porque você e esse povo querem o Judas... Ele tá no lugar dele.

— No lugar dele? A senhora quer dizer que...

Benigna correu e pediu ajuda a Jimmy e Martônio:

— Acho que o boneco tá lá em cima, no paiol. Peguem a escada que tá aí no alpendre que eu vou subir.

Benigna e Jimmy subiram ao paiol enquanto Martônio ficou segurando a escada. Entretidos, não viram o que se passava no quarto: Cacilda abriu a porta do guarda-roupa e tirou o boneco Maricoto de dentro.

O fóssil do pênis do hominídeo que estava costurado por dentro do pano agora estava à mostra. Cacilda segurou o fóssil em suas mãos.

Nesse momento, Logan abriu a porta do quarto.

— O senhor também tá procurando isso, reverendo? Deve valer dinheiro, né?

Logan fez menção de que ia pegar o fóssil, mas Cacilda foi mais ágil e saltou pela janela.

Martônio ouviu o rebuliço e chamou por Jimmy e Benigna.

— Desçam. Tem um gringo alto aqui em baixo. Acho que veio atrás de Dona Cacilda.

Jimmy pulou a meio caminho do alto da escada e torceu o pé. Benigna se pendurou e deixou-se escorregar pela parede, caindo em pé, a tempo de ver o reverendo descer a escadinha que dava para o terreiro. Estava tudo alagado lá fora. Benigna correu atrás do pastor, enquanto Martônio ficou ajudando Jimmy.

O reverendo saiu pelo terreiro atrás de Cacilda, mas escorregou na lama e foi ao chão.

Benigna viu a tia correndo rumo à boçoroca e foi atrás: "Tia Cacilda vai cair no buraco", pensou.

Cacilda parou a meio metro da beira da ribanceira e olhou para baixo. A enxurrada tinha transformado o fundo da boçoroca numa corrente d'água caudalosa e lamacenta. Encurralada entre o abismo e a sobrinha, Cacilda titubeou. Deu mais um passo.

— Tia, não faça isso.

O barranco encharcado começou a ceder. Cacilda escorregou para o abismo, ainda segurando o fóssil. Benigna estendeu a mão para a tia, que lhe deu a mão direita, mas continuou segurando o fóssil com a esquerda.

— Tia, solte esse negócio e me dê sua outra mão. Eu tenho que puxar a senhora com as duas mãos. E vamos logo, pelo amor de Deus, que o barranco vai desabar.

Cacilda fez menção de quem ia soltar a mão de Benigna e rolar ribanceira abaixo.

Benigna implorou:

— Tia, eu não quero que a senhora morra! Me dê a outra mão! Cacilda largou o fóssil e deu a outra mão para Benigna. Mas Benigna não conseguia puxar a tia. Estava perdendo as forças e a terra estava cedendo sob seus pés. Aos prantos, Benigna berrou:

— Vó, pai, mãe, me ajudem a salvar tia Cacilda! Me ajudem, me ajudem pelo amor de Deus!

Num último puxão, Benigna conseguiu tirar Cacilda da vala.

O fóssil do pênis de hominídeo rolou ribanceira abaixo e foi levado pelo misto de água e lama do rio temporário, desses que se formam em dias de aguaceiro e que desaparecem como por encanto quando o sol bate forte de novo.

Festa

Logan acordou mais tarde que o de costume. Em dias normais, estaria na estrada voltando para Dilermândia antes do sol nascer. Com a queda que levou na noite anterior, quase não dormiu, com uma forte dor na região lombar. Acordou com um burburinho de fiéis em frente à igreja. Umas quinze pessoas.

— O que é que vocês estão fazendo aqui essa hora? — perguntou.

— Dona Cacilda disse que o senhor convocou os crentes salvos para uma oração às seis da manhã — disse um dos anciãos.

— Oração? Não convoquei oração. Mas acho bom, muito bom orar em comunidade de manhã cedo. Vamos agradecer chuva de ontem.

O pastor abriu as portas da igreja e os crentes tomaram os assentos. O pastor tomou seu lugar no púlpito.

— Oremos, *irmaos*. Vamos fechar olhos, colocar calma no *coracao*, para que...

Cacilda entrou na igreja segurando a caixa de couro branco, acompanhada de Benigna e Martônio, que segurava a caixa de couro marrom.

— Pastor, eu quero falar — disse Benigna.

— Você *nao* é crente salva. Não tem direito a falar em igreja.

— Eu posso não ser crente salva, mas eu acho que eu vivo mais de acordo com a lei de Deus do que o senhor! Porque a lei de Deus não permite que o senhor beije a boca duma defunta!

— Você está possessa por um demônio! Que mentiras absurdas *sao* essas, Satanás?

— Minha tia Mafalda, antes de se converter, me disse que o senhor ficou dois dias com o corpo de sua falecida esposa trancado na igreja de Dilermândia. Depois, eu vi o senhor beijando a boca de minha falecida avó. Depois, o corpo de Tadeu nunca apareceu em Mocozal, sendo que eu vi o corpo dele estendido na estrada. O senhor pode explicar essas histórias esquisitas, reverendo?

— O demônio está falando pela boca dessa menina. Mas *nao* vai caluniar um servo de Deus. Olhe, se eu estiver falando verdade, a cobra que está na caixa branca vai me picar e nada vai me acontecer. Porque a um homem justo, coberto por proteção de Deus, serpente *nao* causa dano.

O pastor pegou a caixa branca das mãos de Cacilda. Antes de abrir a tampa, Martônio o advertiu:

— O senhor pode realmente morrer com o veneno da cobra-coral que está nessa caixa. Espere um momento... Benigna, abra a caixa de couro marrom.

Benigna abriu a caixa e uma falsa-coral picou seu braço. Sentiu muita dor. E só.

O reverendo percebeu que as cobras foram trocadas de caixa.

— Eu *nao* vou abrir a caixa branca.

Nesse momento, Jimmy entrou na igreja:

— O corpo de Linda está no bagageiro do Opala do reverendo!

O pastor tentou escapar, mas foi bloqueado por Martônio.

Dois anciãos seguraram o reverendo e disseram que teriam de entregá-lo ao delegado de Dilermândia. Logan não resistiu. Sentou-se numa cadeira e baixou a cabeça.

— Reverendo, levante sua cabeça e olhe pra mim — ordenou Cacilda.

Cacilda olhou para o reverendo e fez o sinal da cruz.

— Eu sempre achei muito extravagante ter que ficar pegando em cobra para provar minha fé em Deus. Parecia coisa de circo, de mágico... Eu me perguntava se era preciso esse espetáculo todo. Mas eu fazia. Fazia tudo o que o senhor pedia. Mesmo sem gostar. Porque achava que o senhor era um homem do bem, um homem correto. Eu achava que o senhor era um homem de Deus. Mas o senhor é apenas um perdido. Deus tenha piedade da sua alma, reverendo!

* * *

Cacilda entregou um farnel de comida para a sobrinha, pesarosa.

— Você vai mesmo, Benigna? E seus estudos? Eu prometi a sua mãe...

— Eu termino meus estudos no Crato, tia.

— Você promete?

— Prometo!

— E vai viver de quê?

— Vou procurar serviço. Lá não falta serviço. Tem um velhinho, Seu Xerez, que precisa de alguém que cuide dele porque o coitado tá gagá. E a senhora sabe que eu sei cuidar de gente velha. E se não der certo eu cuidar de Seu Xerez, eu vou me empregar em casa de família, posso trabalhar de cozinheira, posso ser babá...

Cacilda fez uma cara de resignação. Benigna olhou para a tia, com carinho. Pela primeira vez.

— E a senhora vai ficar bem?

— Eu acho que sim... Tem o corpo dessa moça aí pra enterrar, tem que esperar o delegado vir de Dilermândia pra levar o pas-

143

tor, tem que avisar ao povo da igreja de lá que o pastor não vai mais voltar. Eu vou lá hoje, mais tarde, conversar com os irmãos.

— Pois diga a tia Mafalda que eu estou mandando um abraço. A gente não vai parar em Dilermândia porque Dr. Jimmy quer chegar logo no acampamento e depois ainda ele vai ter que levar eu mais Martônio pro Crato. Explique a situação pra tia Mafalda. E diga a ela que, quando eu for casar, quero que ela faça meu vestido de noiva.

— Preocupe não, com Mafalda. Aquela ali é tão ocupada se metendo onde não é chamada, vive escruvitiando por aí, que é capaz de eu nem ver ela na igreja. Essa conversão de Mafalda é mais uma invenção dela. Ela já foi noviça, já foi espírita, já mexeu com búzio. Se preocupe não, vá em paz.

— E a igreja daqui, tia? O que é que vai acontecer?

— Eu vou falar com o padre lá de Dilermândia. Perguntar se ele não pode voltar a rezar missa aqui, pelo menos de quinze em quinze dias. Mas a congregação continua a se reunir. Ontem, quando você me salvou na ribanceira, eu vi direitim o vulto da Beata Benigna. Era você me salvando, mas eu tenho certeza absoluta que foi a Beata Benigna obrando um milagre. Ela, sim, é poderosa, tem um poder de verdade, não um poder de mentira como o reverendo... Eu vou conversar com os crentes pra gente fazer daqui de Mocozal um lugar de devoção da Beata Benigna.

**

O carro de Jimmy parou debaixo do pé de oiticica, no terreiro do sítio de Dona Rosa.

— Eu volto num minuto, Dr. Jimmy.

Benigna saltou do carro, entrou em casa. Sabia o que queria: uma única lembrança dos momentos bons que passou com sua avó naquele lugar; algo que iria levar consigo em sua nova vida.

A boneca Maricota estava em cima da cama de Dona Rosa. O Maricoto estava largado no chão do quarto.. Benigna pegou o boneco e o segurou contra o peito, com ternura.

— Eu vou levar a Maricota, mas não vou poder lhe levar agora, Maricoto. Eu vou deixar você guardado no paiol.

***

Pararam diante do ponto de ônibus de Santana do Cariri às onze e quarenta e cinco da manhã.

— Tem um ônibus que sai ao meio-dia para o Crato. O ônibus leva uma hora e pouco pra chegar lá. Eu vou dar o dinheiro da passagem pra vocês — disse Jimmy.

— Mas você prometeu que levava a gente de volta para o Crato.

— Eu prometi que lhe levava para ver o show de Luiz Gonzaga no Crato, Benigna. O show foi ontem. Eu não consegui cumprir minha promessa.

— Mas Dr. Jimmy...

— Vamos Benigna, desse gringo aí a gente não pode esperar nada — argumentou Martônio.

— Benigna e Martônio, Linda morreu, eles vão querer investigar mais sobre essa americana que morreu picada de cobra em Mocozal. Vão vir atrás de mim. A Polícia Federal vai ser envolvida. Minha atividade nesse país é ilegal... Muito obrigado pela disposição de vocês em me ajudar a encontrar o fóssil, mas eu tenho que pagar os trabalhadores, fechar o acampamento e ir embora do Brasil o quanto antes, se possível ainda hoje.

Desolados, Benigna e Martônio saltaram do carro. Jimmy seguiu seu rumo.

***

— Adiado? O show foi adiado — perguntou Benigna, incrédula.

O passageiro da poltrona da frente balançou a cabeça afirmativamente.

— Acabei de ouvir na rádio. Por causa da chuva de ontem, Gonzagão ficou retido em Salgueiro. Choveu em tudo que é lugar nesses interiores. Foi água em banda de lata. Ele está chegando aí no Crato agora à noitinha.

Benigna abraçou Martônio e chorou.

— Eu vou ver! Martônio, eu vou ver Luiz Gonzaga!

***

A Praça da Sé estava lotada. A lua cheia no céu. Linda. O povo, extasiado, esperava seu ídolo.

O apresentador subiu no palanque — era locutor da Rádio Araripe, o preferido de Benigna — para anunciar:

— Luiz Gonzaga, nosso querido Gonzagão, há quase quinze anos recebeu o título de cidadão cratense. Ele sempre teve uma relação de muito carinho com a nossa cidade. Sempre gostou muito da nossa Princesa do Cariri. Seu pai, o velho Januário, começou a trazer ele pra cá ainda novo, quando vinha vender farinha na feira. Luiz Gonzaga esteve presente na inauguração da nossa rádio, a Rádio Araripe, primeira emissora do interior do Ceará. E agora, esse ano, volta ao Crato mais uma vez para abrilhantar nossa Exposição. Senhoras e senhores, é com muito orgulho, como muita honra e com muita emoção que, em nome da Rádio Araripe, apresento a vocês, Luiz Gonzaga, o Rei do Baião.

Fascinada, Benigna, não piscou os olhos uma vez sequer. Os olhos brilharam de felicidade vendo Gonzagão subir ao palco, com seu gibão, chapéu de couro e sanfona para cantar a primeira música da noite:

Eu vou pro Crato
Vou matar minha saudade
Ver minha morena
Reviver nossa amizade

Eu vou pro Crato
Tomar banho na nascente
Na subida do Lameiro
Tomo uns trago de aguardente

Eu vou pro Crato
Comer arroz com pequi
Feijão com rapadura
Farinha do Cariri

Eu vou pro Crato
Vou matar minha saudade
Ver minha morena
Reviver nossa amizade

A seguir, juntaram-se ao Rei do Baião no palanque, Patativa do Assaré, Padre Antônio Vieira e José Clementino.

O show continuou animado. Aos poucos o povo foi caindo no forró.

Martônio puxou Benigna pela mão. Os dois começaram uma dança meio tímida e formal, mas logo acertaram o passo e deram um espetáculo à parte.

Lucivanda aplaudiu os dois. Um homem bateu em seu ombro, por trás:

— Vamos dançar?

— Dr. Jimmy! — exclamou Lucivanda.

Surpresos, Benigna e Martônio acenaram pra Jimmy, sorridentes.

— O que será que aconteceu? Ele disse que ia embora — comentou Martônio.

Benigna deu de ombros:

— Sei lá. Depois ele explica. Agora quero mesmo é dançar forró.

— Você dança muito bem! Você tem quantos anos mesmo, Benigna?

— Quinze.

— Então dá certo. Quer ser a noiva da quadrilha do ano que vem?

— Marminino! Só se for agora!

Este livro foi composto em Electra Lt Std, em papel pólen soft,
para a Editora Moinhos, enquanto Caetano Veloso e Moreno Veloso
cantavam *Deusa do amor*, em junho de 2018.